469

8°Y°
460

THÉATRE

DES PETITS

COMÉDIES POUR ENFANTS OU MARIONNETTES

L. DARTHENAY

THÉATRE
DES PETITS

COMÉDIES POUR ENFANTS OU MARIONNETTES

PARIS

TRESSE & STOCK, ÉDITEURS

8, 9, 10 et 11, galerie du Théâtre-Français
PALAIS-ROYAL
1890

NOTE

Comme l'indique le sous-titre de ce livre, ces petites Comédies peuvent être jouées par des enfants ou des marionnettes. Il est évident que les coups de bâton reçus avec sang froid par des poupées ne trouveraient pas le même accueil sur des petits artistes vivants, on peut donc au besoin les supprimer !

Nous croyons indispensable de faire remarquer aux personnes qui organisent des théâtres de marionnettes, qu'une seule est véritablement drôle, et donne une réelle apparence de vitalité. C'est la plus primitive, c'est-à-dire celle qui se compose tout simplement d'une tête, et d'un costume dans lequel une main habile obtient les effets les plus naturels et les plus désopilants.

L'amour de ce plaisir, que possède l'auteur de ce livre, lui a fait chercher dans tous les sens possibles les raffinements apportés à cette manœuvre ; il est forcé d'avouer que les mécanismes les plus merveilleux n'offrent aucune comparaison avec ce joujou primitif qui défie toute comparaison.

La marionnette est faite pour faire rire, et les sujets les mieux préparés comme articulation, ne feront jamais que l'effet de vulgaires figurants cherchant à lutter contre les artistes de la Comédie-Française. De nombreux exemples que je n'ai pas à citer attestent notre opinion, et d'autres exhibitions, qui ne tarderont peut-être pas à surgir, la confirmeront encore.

LE COCHER DE FIACRE

COMÉDIE EN TROIS ACTES

1

PERSONNAGES

MM. JACQUES, cocher.
    M. DE BEAUQUESNE.
    FRÉDÉRIC, fils de Jacques.
    GEORGES   id.
    GÉROMÉ, gendarme.
    LE PROPRIÉTAIRE.
Mmes JACQUES.
    LA PORTIÈRE.

LE COCHER DE FIACRE

ACTE PREMIER

La scène représente un intérieur pauvre.

Mme JACQUES.

Comment se fait-il que Jacques ne rentre pas? Il est déjà sept heures, ordinairement il est toujours ici. Pauvre homme, il se donne tant de mal et il nous est impossible d'arriver. Ah! il faut dire que nous avons des charges, si encore nous avions quelques satisfactions. Sur nos deux enfants, un seul me donne un peu d'espérance, mon petit Georges, quant à l'autre, hélas, Frédéric, jamais nous n'en ferons rien de bon. Il a toutes les dispositions pour faire un mauvais sujet accompli. Quand on pense que nous devons trois termes au propriétaire, il est probable qu'il va finir par se fâcher. Oh! ce métier de cocher de fiacre je l'ai en horreur! Pauvre Jacques, pourvu qu'il ne lui soit rien arrivé, j'ai toujours peur!

Elle sort.

FRÉDÉRIC.

C'est ennuyeux que papa n'arrive pas, mon pauvre papa, comme il doit avoir faim depuis ce matin.

En voilà un brave homme mon papa, je l'aime
bien allez, moi, mon papa. J'aime bien maman
aussi, mais elle ne peut pas me souffrir, c'est drôle
ça, chaque fois que je dis quelque chose, elle m'es-
broutle, tandis que mon frère Georges, lui, c'est un
phénomène. Oh! quel phénix! tout ce qu'il fait est
admirable! Je n'en suis pas jaloux certainement,
mais ça me fait de la peine. Je vais voir en bas si
papa arrive!

Il sort.

GEORGES.

Ce n'est pas une raison parce que papa n'est pas
là pour qu'on ne mange pas. J'ai faim moi, alors
s'il lui plaît de venir à minuit il faudra donc l'attendre. Oh! que je m'ennuie ici, c'est moi qui en
ai assez d'une maison comme ça!

Il s'éloigne.

LA PORTIÈRE, parlant à la cantonade.

Voui, M'sieur le propriétaire, soyez tranquille, je
vas leur-zy dire tel que vous me l'avez t'appris.
(A peine entrée Georges lui applique un formidable coup de
bâton sur la tête; elle tombe en poussant des cris déchirants
Georges recommence plusieurs fois cette petite scène, et disparaît sans avoir été vu.) Le misérable! il me fera mourir
vingt-cinq ans avant le dernier jour de mon existence.

GEORGES, ne montrant que sa figure et se sauvant.

Oui m'ame Pipelet!

LA PORTIÈRE.

Ma foi j'y renonce, je vas-t-aller dire-z-au pro-
prilliétaire qui peut ben faire cette commission là

lui-même en personne, j'ai pas envie d'attraper z-une fièvre moqueuse.

Elle sort en recevant encore un coup de bâton.

LE PROPRIÉTAIRE, parlant à la cantonade.

Bien! Bien, j'y vais! Ah! c'est comme ça, attendez un peu nous allons voir. (Il reçoit un coup de bâton sur la tête et cherche de tous côtés par où ça peut bien venir.) Il me semble que je viens de recevoir une goutte d'eau. (Nouveau coup de bâton.) Entrez! Ah! tiens je croyais qu'on avait sonné. (Même scène.) Ah! cette fois je ne me trompe pas, c'est un des gamins de ces misérables locataires, c'est bon je vais régler leur compte, ça ne va pas être long! (Appelant.) Eh! là! il n'y a donc personne ici?

Mᵐᵉ JACQUES.

Ah! c'est vous, Monsieur le propriétaire, je vous demande pardon, je préparais mon dîner.

LE PROPRIÉTAIRE.

Votre dîner! Vous trouvez donc le moyen de dîner?

Mᵐᵉ JACQUES.

Pas tous les jours, mais ça nous arrive de temps en temps.

LE PROPRIÉTAIRE.

Allons, c'est bon, ce n'est pas pour ça que je suis venu. Je viens vous demander si oui ou non vous allez vous décider à me payer?

Mᵐᵉ JACQUES.

Je vais vous dire, Monsieur le propriétaire...

LE PROPRIÉTAIRE.

Je ne veux rien entendre, si ce n'est des espèces sonnantes...

Mme JACQUES.

Mon pauvre Monsieur...

LE PROPRIÉTAIRE.

Je ne suis pas un pauvre Monsieur !

Mme JACQUES.

J'en suis heureuse pour vous, Monsieur, croyez-le bien...

LE PROPRIÉTAIRE.

Je ne reçois pas d'acomptes en compliments, mon boulanger ne prend pas cette monnaie-là !

Mme JACQUES.

Enfin, Monsieur, patientez un peu !

LE PROPRIÉTAIRE.

Non, Madame, c'est impossible, je vous déclare que si demain matin je n'ai pas reçu pleine et entière satisfaction, je vous fais mettre tous vos vieux ustensiles sur le pavé. Il faut en finir une bonne fois !

Mme JACQUES.

Comme vous voudrez, Monsieur, à la grâce de Dieu !

Elle sort.

LE PROPRIÉTAIRE.

Il faut toujours se montrer énergique avec ce monde-là.

FRÉDÉRIC, paraissant derrière lui.

Parfaitement! tenez en voilà de l'énergie.
Il lui donne un coup de bâton et se cache.

LE PROPRIÉTAIRE.

Allons bon! Qu'est-ce qui dégringole encore!
(Il regarde en l'air et reçoit un coup de bâton sur la figure).
V'lan! En plein dans l'œil, je saigne du nez.
Il sort.

JACQUES, il entre avec un petit coffret qu'il dépose sur la tablette.

Ah! ce n'est pas malheureux, ma pauvre femme doit être inquiète! Pourvu que mon souper soit prêt, j'ai un appétit à tout dévorer!

Mme JACQUES.

Eh! bien mon pauvre Jacques, qu'est-ce que tu fais donc? Pourquoi rentre-tu si tard?

JACQUES.

Mais ma pauvre Clémence je viens de finir à l'instant seulement, j'ai fait quelques heures en plus, j'ai eu beaucoup de chance aujourd'hui, avec ce mauvais temps j'ai travaillé toute la journée.

Mme JACQUES.

Tant mieux, nous pourrons au moins donner un peu d'argent au propriétaire.

JACQUES.

Certainement! A propos d'argent, tiens, regarde

donc! (Il ouvre le coffret). As-tu déjà vu tant d'argent
que ça d'un seul coup?

Mme JACQUES.

Ah! qu'est-ce que c'est que ça?

JACQUES.

Une fortune immense, ma chère Clémence, il y a
là vingt-cinq billets de mille francs!....

Mme JACQUES.

Mais à qui est-ce?

JACQUES.

Je n'en sais rien, c'est-à-dire que c'est à un voyageur que j'ai laissé ce soir place de la Concorde, je
ne le connais pas du tout, mais comme je lui ai
donné le numéro de ma voiture il ne tardera certainement pas à venir réclamer ce coffret.

Mme JACQUES.

Eh! bien alors, ça suffit! Allons, viens manger!

JACQUES.

Je ne demande pas mieux, j'ai un appétit!...

Ils sortent.

GEORGES, entrant tout doucement.

En voilà, par exemple, une belle occasion. Vingt-
cinq-mille francs! Si j'osais! pourquoi pas? Ira-
t-on jamais se douter que c'est moi qui ai pris ça?
Allons, allons, un peu de courage, je vais aller enter-
rer cette fortune dans la cave, et dans quelques années, lorsque personne n'y pensera plus, avec mon
trésor je ferai de longs voyages! Pas d'hésitations,
personne ne peut me voir, allons-y vivement.

Il prend le coffret et se sauve.

FRÉDÉRIC.

Où est-il passé Georges? Tout à l'heure il était
en colère parce que papa n'était pas rentré et
maintenant il se sauve ; enfin il ne faut rien dire,
maman me donnerait encore tort !

Il sort.

M. DE BEAUQUESNE, parlant à la cantonade.

Merci, madame la Concierge, j'ai trouvé. (Il entre.)
Voyons un peu ce que c'est que ce cocher Jacques?
Voilà un intérieur qui respire une triste misère.
Quelle imprudence d'aller ainsi oublier ce coffret
dans cette voiture, il est vrai que c'est une perte
insignifiante pour moi, mais enfin ça n'en est pas
moins désagréable, pourvu au moins que j'aie affaire
à un honnête homme.

Mme JACQUES.

Que désirez-vous, Monsieur?

M. DE BEAUQUESNE.

Le cocher Jacques, c'est bien ici, n'est-ce pas
Madame ?

Mme JACQUES.

Oui, Monsieur! Vous voulez le voir, il vient justement de rentrer.

M. DE BEAUQUESNE.

Je voudrais lui dire deux mots, Madame, je lui ai
fait faire une course ce soir, et j'ai eu l'imprudence
de laisser un coffret dans sa voiture.

Mme JACQUES.

Je sais, oui Monsieur, il m'en a parlé. Si vous,

1.

voulez avoir la bonté d'attendre un petit instant
je vais vous l'envoyer.

Elle sort.

M. DE BEAUQUESNE.

Ah ! je respire ! Voilà de braves gens, à la bonne
heure ! Aussi, je vais me faire un véritable plaisir
en leur offrant une large récompense.

JACQUES.

Monsieur, je suis bien aise de vous voir pour
vous remettre...

M. DE BEAUQUESNE.

Mon coffret ! Vous l'avez trouvé ?

JACQUES.

Oui, Monsieur, je vous ai cherché de tous les
côtés, et ma foi, vous avez disparu si vivement
qu'il m'a été impossible de vous voir, mais je savais que vous aviez mon numéro, et je pensais
que vous ne tarderiez pas à venir.

M. DE BEAUQUESNE.

En effet, veuillez me le rendre, je vous prie.

JACQUES.

Tenez, Monsieur, il est là...
Il s'arrête stupéfait devant la place où il l'avait posé. Il
cherche par terre, dans toute la pièce.

M. DE BEAUQUESNE.

Qu'est-ce que vous faites donc ?

JACQUES.

Pardon, Monsieur, une minute, je vous prie.
Il sort et rentre plusieurs fois, cherchant toujours.

M. DE BEAUQUESNE.

Eh ! bien mais que signifie ?

JACQUES.

Je n'y comprends rien, Monsieur, ce coffret je
l'avais placé là tout à l'heure !

M. DE BEAUQUESNE.

Alors il devrait y être encore, que voulez-vous
que je vous dise ?

JACQUES.

C'est évident.

Il continue à chercher.

M. DE BEAUQUESNE.

Ah ! pardon ! ceci ne me semble pas clair, et je
crois que vous vous repentez d'avoir parlé si vite.

JACQUES.

Oh! Monsieur, ne croyez pas ça, je suis incapable
de commettre une pareille infamie. Prenez des renseignements sur moi, vous saurez ce que je suis.

M. DE BEAUQUESNE.

Non, je n'ai pas besoin de ça, je sais ce qui me
reste à faire. Vous allez entendre parler de moi.

Il sort.

JACQUES,

Oh ! c'est affreux ! Mais comment cela peut-il se
faire ?

Mme JACQUES.

Il est parti ce Monsieur ?

JACQUES.

Parti, hélas, sans son coffret, furieux, me menaçant.

Mme JACQUES.

Comment ça ?

JACQUES.

Impossible de le trouver, pourtant je l'avais placé là!

Mme JACQUES.

Mais bien sûr. (Ils cherchent tous les deux et dans leur précipitation se cognent plusieurs fois la tête, Jacques va chercher de l'autre côté.) C'est incroyable, en voilà une fatalité ?

JACQUES.

Il n'est entré personne ici n'est-ce pas ?

Mme JACQUES.

Personne ! absolument. (Jacques sort encore.) Il me vient une idée horrible. Je suis sûre que c'est ce misérable Frédéric qui a volé ce coffret. Il est capable de tout ce monstre. Je veux en avoir le cœur net. (Appelant.) Frédéric ! venez ici !

FRÉDÉRIC.

M'man!

Mme JACQUES.

Ah! ça, dites-moi, c'est vous qui avez pris un petit coffret qui était là tout à l'heure ?

FRÉDÉRIC.

Moi, non m'man, je n'ai rien pris du tout.

Mme JACQUES.

Regardez-moi donc bien en face !

FRÉDÉRIC.

Voilà m'man, mais je vous assure que je n'ai rien pris du tout.

Mme JACQUES.

Vous n'êtes pas honteux de mentir comme ça ?

FRÉDÉRIC, pleurant.

Mais maman puisque je vous dis que...

Mme JACQUES.

C'est bon ne restez pas devant moi, je vous tuerais ! (Il se sauve en sanglotant.) Je suis bien certaine que c'est lui, j'ai bien vu ça tout de suite. A moins que ce soit mon Georges qui l'ait pris sans y attacher d'importance, pour s'amuser, il est si innocent. (Appelant.) Georges !

GEORGES.

Oui, maman !

Mme JACQUES.

Écoute donc, mon petit chéri, est-ce que tu n'aurais pas pris, pour t'amuser, un petit coffret, qui était là tout à l'heure ?

GEORGES.

Un petit coffret, non m'man ! comment donc que c'est fait ça, un petit coffret ?

Mme JACQUES.

Une petite boîte, où il y avait des papiers dedans ?

GEORGES.

Non, M'man, je n'ai pas vu de petite boîte.

Mme JACQUES, l'embrassant.

Pauvre trésor, va manger, va mon chéri. (Il sort en gambadant.) C'est évident, c'est l'autre, on ne me sortira pas ça de l'idée.

Elle sort.

GEORGES.

Je le savais bien que jamais on ne pourrait supposer que c'est moi ! Aussi je suis bien heureux de ce que j'ai fait ! Me voilà riche ! A moi la fortune. (Il saute comme un fou.) Vive les pommes de terres frites !

Il sort.

GÉROMÉ.

Oui, c'est bien ici, je reconnais cette pièce ! Ah ! quelle corvée pour moi. Quand on me charge d'une mission comme celle-ci j'aimerais mieux qu'on me pende tout de suite, ça me ferait moins souffrir. Je vous demande un peu, si c'est possible, ce pauvre Jacques, un vieux camarade, un homme qui ne ferait pas de mal à une sardine à l'huile. Enfin, le devoir avant tout !

JACQUES.

Tiens, c'est vous Géromé !

GÉROMÉ.

Hélas oui mon ami !

JACQUES.

Comment hélas ? Pourquoi ?

GÉROMÉ.

Parce que j'ai à remplir auprès de vous une terrible consigne !

JACQUES.

Vous m'effrayez.

GÉROMÉ.

Un Monsieur a porté plainte contre vous, vous êtes accusé d'avoir détourné vingt cinq mille francs !

JACQUES.

Mais, Géromé, vous devez bien penser que c'est faux, vous mon vieux camarade de régiment, vous savez bien que je suis incapable d'une pareille infamie.

GÉROMÉ.

Moi, mon ami, jamais on ne me fera douter de votre innocence! Mais que voulez-vous ? c'est l'ordre formel, il faut s'y soumettre, je viens vous arrêter.

JACQUES.

M'arrêter, moi, mais c'est impossible !

GÉROMÉ.

Il le faut ; vous vous expliquerez, il est évident qu'il vous sera facile de vous justifier, c'est l'affaire d'un instant, hâtons-nous, mon pauvre ami, mes camarades vous attendent en bas.

JACQUES.

Laissez-moi au moins dire adieu à ma femme et à mes enfants.

GÉROMÉ.

Pourquoi ? Au contraire, évitez-leur donc une scène pénible.

JACQUES.

Si, je vous en prie !

GÉROMÉ, l'entraînant au dehors.

Mais non, venez donc.

Ils sortent.

Mme JACQUES, regardant par la fenêtre.

Ah ! ils emmènent mon mari ! Un si honnête homme ! Qu'est-ce que je vais devenir ?

Elle sort.

GEORGES.

Tiens, on arrête papa ! Ça vaut mieux, comme ça, on supposera encore moins que c'est moi. Il est évident qu'on ne pourra pas le garder bien longtemps, et quand on ne pensera plus à tout ça, je filerai avec mon magot.

Il sort.

Mme JACQUES.

Mon pauvre Jacques !... il va en mourir de honte c'est certain !...

FRÉDÉRIC.

Faut pas pleurer, maman !

Mme JACQUES.

Vous ici, après ce qui vient de se passer ! Voulez-vous me faire le plaisir de sortir ; je vous chasse vous entendez, et je vous défends de jamais reparaître devant mes yeux !...

FRÉDÉRIC.

Mais, maman!

Elle veut sauter sur lui, il se sauve.

Mme JACQUES.

Ce misérable !.. je l'ai toujours dit qu'il finirait sur l'échafaud! (Georges entre.) Te voilà mon pauvre petit bien-aimé, viens m'embrasser mon bijou, ma seule espérance, ma dernière consolation.

Elle l'embrasse avec transports.

ACTE II

La scène représente une place publique.

FRÉDÉRIC, avec un bâton qu'il pose sur la tablette.

Ainsi quand on pense que mon pauvre papa a été condamné à six ans de réclusion. Un si bon homme un si brave homme. La crème des honnêtes gens. Vous croyez que ce n'est pas épouvantable, ça ? Ce qui me fait le plus de peine c'est que maman m'accuse d'avoir commis ce vol, comme si j'en étais plus capable que lui. Enfin! elle m'a chassé, je viens souvent rôder par ici pour tâcher de la voir, et quand je peux avoir le bonheur de l'apercevoir un peu, je pars content. Heureusement que je trouve à m'occuper, je fais des courses, des commissions, je porte des paquets, je vends des journaux, avec ça je gagne ma vie, et cela me permet tous les matins de me faufiler jusque chez maman, je lui glisse furtivement trois francs sous sa porte! Il est probable qu'elle est loin de se douter que sans moi il y a longtemps qu'elle serait morte de faim. Tiens, voilà la concierge. Oh! la mauvaise femme, c'est elle qui excite toujours maman contre moi.

Il se cache.

LA PORTIÈRE.

C'te pauvre m'ame Jacques! Elle me désole, j'en parlais-t-encore-z-à madame Chamouillard, la concierge du 32! Eune pauv' femme qu'à zèvu des malheurs que c'est une malédiction de satan. (Elle reçoit

un grand coup de bâton.) Allons bon, v'la des émeutes !
c'est la révolution qui reprend ! Au secours ! A la
garde municipale !

Elle se sauve.

LE PROPRIÉTAIRE.

Qu'est-ce qu'elle a donc madame Chaffin à crier
comme ça? (Il reçoit un coup de bâton sur la tête et ne
bouge pas.) Je viens de recevoir un pot de fleurs sur
la tête ! (Il reçoit un nouveau coup et se sauve en criant.)
Ma maison s'écroule !...

FRÉDÉRIC.

Ils sont partis ces braves gens.

Mme JACQUES.

Ah! ça dites donc vous, qu'est-ce que vous faites par ici ? Je vous avais défendu de rôder autour
de chez moi.

FRÉDÉRIC.

Je ne rôde pas, maman !

Mme JACQUES.

Non, vous travaillez sans doute, n'est-ce pas,
vous devez faire partie de quelque bande de malfaiteurs probablement?

FRÉDÉRIC.

Oh! Maman! qu'est-ce que je vous ai fait ?

Mme JACQUES.

Je vous exècre, entendez-vous, enfant dénaturé,
ne restez pas devant moi, je ferais un crime ?
(Il se sauve.) Le misérable ! c'est lui qui est cause de
tous nos malheurs, quand on pense qu'il a fait

mettre son pauvre père en prison. Et moi même
que serais-je devenue avec mon pauvre petit
Georges, sans le secours de ce bienfaiteur inconnu
qui m'apporte tous les jours trois francs. Impossible de savoir qui c'est, j'ai cherché plusieurs fois
à m'en rendre compte, jamais je n'y suis arrivée.
Une fois seulement j'ai aperçu une ombre qui
fuyait si rapidement qu'il m'a été impossible de
la suivre.

Elle s'éloigne.

FRÉDÉRIC.

Quelle réception! quel accueil! Ça me brise le
cœur. Tiens voilà mon frère Georges, j'aime mieux
m'en aller, je me disputerais avec lui.

Il s'éloigne.

GEORGES.

C'est moi qui en ai assez d'une existence pareille !
Oh! que c'est monotone. ! Il va falloir que je me
dispose à profiter un peu de ma fortune. Je ne
m'amuse pas du tout avec maman, c'est pourquoi je me propose de la laisser là et de courir un
peu l'aventure. Ça lui fera peut-être un peu de
peine, mais bast! Elle en prendra son parti.

Mᵐᵉ JACQUES.

Eh! bien, mon Georges, as-tu encore quelques
sous pour t'amuser, mon chéri? Pauvre petit, il
n'est pas heureux avec moi, mais il est si bon qu'il
prend son mal en patience.

GEORGES.

Mais si, maman, je m'amuse.

Mᵐᵉ JACQUES.

Pauvre petit, il ne se plaint jamais. Allons, amuse-
toi, quand tu auras faim tu viendras à la maison.

GEORGES.

Oui, M'man !

Mme JACQUES.

Ah ! si je ne l'avais pas celui-là pour me consoler dans ma douleur je serais bien plus malheureuse !

Elle s'éloigne.

GEORGES.

Oh ! qu'elle est ennuyeuse, maman, toujours à se plaindre ; moi qui aimerais tant rire et m'amuser au contraire, ça ne fait joliment pas mon affaire.

Il se met à danser en chantant.

FRÉDÉRIC.

Quel mauvais cœur, il chante pendant que notre pauvre père est en prison. Tu n'es pas honteux de faire des bêtises comme ça ?

GEORGES.

Toi, ça ne te regarde pas d'abord, de quoi te mêles-tu ?...

FRÉDÉRIC.

Si ça me regarde et tu ne m'empêcheras pas de te dire que tu n'es qu'un hypocrite !

GEORGES, sautant sur lui.

Tiens, voilà pour toi.

Une lutte s'engage, Georges se sauve en poussant des cris déchirants.

FRÉDÉRIC.

En fait-il un tapage, je ne l'ai pas touché.

Il aperçoit sa mère et se sauve.

Mme JACQUES.

Où est-il ce misérable, il a voulu tuer son frère,
Caïn va !

Elle se lance à sa poursuite, il revient d'un autre côté.

FRÉDÉRIC.

Heureusement qu'elle ne m'a pas vu, maman !
Tiens, ce Monsieur, mais oui, c'est bien lui, c'est
monsieur de Beauquesne. (Monsieur de Beauquesne va
pour passer, Frédéric l'arrête et lui dit.) Bonjour, Monsieur !

M. DE BEAUQUESNE.

Tu me connais, mon petit bonhomme ?

FRÉDÉRIC.

Hélas, Monsieur, malheureusement !

M. DE BEAUQUESNE.

Comment ça ?

FRÉDÉRIC.

Et vous, vous ne me reconnaissez pas, sans doute ?

M. DE BEAUQUÉSNE.

Moi, du tout !

FRÉDÉRIC.

Je suis le petit garçon du cocher Jacques, ce
pauvre cocher que vous avez fait condamner.

M. DE BEAUQUESNE.

Ah ! oui, mon pauvre ami, dame, que veux-tu ?
c'est terrible en effet, mais je n'y puis rien.

FRÉDÉRIC.

Mais si. M'sieur, pardon, vous devez y pouvoir quelque chose, car enfin, vous devez bien savoir que papa n'est pas coupable!

M. DE BEAUQUESNE.

Mon enfant toutes les preuves étaient contre lui.

FRÉDÉRIC.

Eh! bien ce n'est pas juste, car moi on ne m'ôtera jamais de l'idée que papa était l'honnêteté même, un pauvre brave homme qui n'a jamais su ce que c'était que de faire du tort à quelqu'un, au contraire. Lui un voleur, allons donc! Il doit y avoir sur ma figure le reflet de sa conscience, et vous devez y voir, par la sincérité avec laquelle je m'exprime, qu'il n'y a pas de bandits dans notre famille.

M. DE BEAUQUESNE.

C'est possible mon ami, mais tout ça est bien compliqué...

FRÉDÉRIC.

Pensez donc, Monsieur, dans quelle situation vous nous avez placés. Notre père enlevé, ma pauvre mère dans la misère, et sans moi elle serait morte de faim.

M. DE BEAUQUÉSNE.

Sans toi?

FRÉDÉRIC.

Oui, sans moi, j'ai eu tort de lâcher cette parole Je n'aime pas à me vanter de ce que je fais pour elle. Mais enfin à vous, je puis le confesser pour

vous attendrir peut-être. Par un travail acharné je
gagne bien mon existence, et je trouve encore le
moyen d'aller glisser tous les jours trois francs
sous la porte de maman pour qu'elle puisse manger,
ainsi que mon petit frère.

M. DE BEAUQUESNE.

Comment tu fais ça, pauvre enfant ?

FRÉDÉRIC.

Oui, M'sieur, et puis encore autre chose, je fais
des économies pour vous rembourser vos vingt-
cinq mille francs, j'ai déjà amassé dix-sept francs
cinquante.

M. DE BEAUQUESNE, riant.

Mon ami, tu n'arriveras jamais au bout !

FRÉDÉRIC.

J'espère bien que si M'sieur, c'est pour papa ce
que je fais là, aussi je vous assure que ce n'est pas
le courage qui me manque.

M. DE BEAUQUESNE.

Cher petit, tu mérites un meilleur sort, toi ! Tu
vas voir ta mère tout à l'heure ?

FRÉDÉRIC.

Ma mère ! C'est vrai, Monsieur, je ne vous ai pas
fait connaître le plus terrible de la chose ! Ma mère
qui, du reste, n'a jamais pu me supporter, est convaincue que c'est moi qui vous ai volé votre argent et elle m'a chassé.

M. DE BEAUQUESNE.

Voyons, mon ami, je commence à croire que ton
pauvre père n'est pas coupable, en effet. J'ai de

hautes relations ; en m'occupant sérieusement de
cette affaire, nous pourrons peut-être parvenir à
découvrir la vérité. Il faut que je voie ta mère pour
qu'elle me donne certains renseignements dont
j'aurai le plus grand besoin. Il est trois heures, je
te donne rendez-vous chez elle dans une demi-heure
et j'espère pouvoir récompenser tes généreux efforts
en faisant rendre l'honneur et la liberté à ce pauvre
père.

FRÉDÉRIC.

Oh! oui n'est-ce pas, M'sieur ! Vous serez bien bon
allez, M'sieur! (Il lui embrasse les mains. M. de Beauquesne
s'éloigne.) Merci, M'sieur! Merci bien, M'sieur ! Il n'a
pas l'air méchant ce pauvre Monsieur. Après tout, ce
n'est pas de sa faute, c'est vrai, comme il dit toutes
les preuves sont contre papa. Allons voyons, il faut
s'occuper de ça sérieusement. Je vais aller trouver
maman et lui raconter ce qui vient de se passer.
Tiens! la voilà qui vient justement.

Mme JACQUES.

Ah ! ça vous voilà encore ici !

FRÉDÉRIC.

Maman j'ai quelque chose à vous dire.

Mme JACQUES.

A me dire à moi! Ah ! si vous croyez que je vais
vous écouter.

FRÉDÉRIC.

Cependant c'est très sérieux, je désire, et il faut
que vous m'écoutiez !

2

Mme JACQUES.

Voyez-vous ça, il faut! A qui donc croyez-vous parler?

FRÉDÉRIC.

A vous, de mon pauvre papa.

Mme JACQUES.

Laissez donc votre malheureux père tranquille.

FRÉDÉRIC.

Au contraire, parlons-en, car il s'agit de le faire mettre en liberté.

Mme JACQUES.

Grâce à votre intermédiaire ?

FRÉDÉRIC.

Peut-être, et avec la protection de Monsieur de Beauquesne, qui, ayant besoin de quelques renseignements nécessaires, viendra vous les demander dans quelques minutes.

Mme JACQUES.

Où ça?

FRÉDÉRIC.

Chez vous !

Mme JACQUES.

Oui ! Ah ! bien qu'il se présente ce Monsieur, ce misérable, votre complice. Vous pouvez lui dire de ma part que je lui défends expressément de venir chez moi, et si malgré ma défense, il a l'aplomb d'y pénétrer par la porte, je me charge de le faire sortir par la fenêtre !

FRÉDÉRIC.

Mais maman !...

Mme JACQUES.

Vous m'avez compris n'est-ce pas ! Je le fais sortir
par la fenêtre !

Elle s'éloigne.

FRÉDÉRIC.

C'est un peu haut, elle demeure au cinquième !
Oh! elle dit ça, elle ne le fera pas. Monsieur de
Beauquesne saura bien la prendre par les sentiments. Enfin un peu de courage, il n'y a plus que
quelques minutes, je me risque, je vais monter chez
maman et je me cacherai en attendant l'arrivée de
Monsieur de Beauquesne, je tiens à être là lorsqu'il se
présentera, je n'ai qu'à penser que je travaille pour
papa, ça me donne de l'audace. Allons-y vivement.

Il se sauve.

ACTE III

La scène représente une mansarde.

FRÉDÉRIC, il entre doucement.

Maman est sortie, je vais me cacher dans une armoire. Oh! Je l'entends, il est trop tard!

Mme JACQUES.

Comment vous voilà ici?

FRÉDÉRIC.

Mais, maman, je vous assure...

Mme JACQUES.

Voulez-vous sortir?

FRÉDÉRIC.

Puisque je vous jure!...

Mme JACQUES, bondissant sur lui.

Voulez-vous partir?..

Il se sauve, elle le poursuit.

GEORGES.

C'est décidément pour aujourd'hui, je vais attendre qu'il fasse un peu nuit, et je file. Je voudrais bien voir la figure que fera maman lorsqu'elle ne me verra plus là.

Mme JACQUES.

C'est toi mon Georges, as-tu besoin de quelque chose? Tu ne me fais jamais de peine toi, cher petit être, tu seras heureux un jour. Sois tranquille, c'est moi qui te le prédis. Tu aimes toujours bien ta mère, n'est-ce pas? embrasse-moi donc, tu ne m'embrasses jamais.

GEORGES.

Oh! je t'ai déjà embrassée ce matin.

Mme JACQUES.

Oui, c'est vrai, va mon Georges, va t'amuser un peu.

Ils sortent.

M. DE BEAUQUESNE.

C'est bien ici, je reconnais la maison. Cet enfant m'a tout bouleversé, aussi j'ai déjà commencé mes démarches et j'espère aujourd'hui même faire mettre ce pauvre homme en liberté. Il s'agit maintenant de voir madame Jacques.

FRÉDÉRIC.

Ah! c'est vous, M'sieur, j'ai une mauvaise nouvelle à vous apprendre. J'ai vu maman, je lui ai annoncé votre visite, et elle m'a dit qu'elle vous défendait formellement de venir ici.

M DE BEAUQUESNE.

Bah! Alors que faire?

FRÉDÉRIC.

Mais puisque vous y êtes, restez-y donc!

2.

M. DE BEAUQUESNE.

Tu crois ? Du reste, moi je veux bien.

FRÉDÉRIC.

Oh ! j'entends maman, allons, Monsieur, du courage, restez-là, moi je me sauve.

Il sort.

Mᵐᵉ JACQUES.

Comment, Monsieur, vous ici, malgré ma défense !

M. DE BEAUQUESNE.

Madame, soyez persuadée que c'est dans votre intérêt que...

Mᵐᵉ JACQUES.

Dans mon intérêt ? Ah ! je vous conseille d'en parler de mon intérêt. Ainsi, vous n'êtes pas encore satisfait de la honte que vous avez apportée dans notre famille, il vous faut encore venir jusqu'ici pour savourer plus à votre aise la misère dans laquelle vous nous avez mis.

M. DE BEAUQUESNE.

Allons donc, Madame, la colère vous égare, il ne s'agit pas de ça !

Mᵐᵉ JACQUES.

Oui, je sais, vous voulez maintenant vous poser en protecteur ! Mais je vous préviens, Monsieur, que je ne veux rien entendre et que je n'entendrai rien !

M. DE BEAUQUESNE.

Mais voyons, Madame !

Mme JACQUES.

Bref, Monsieur, vous refusez de partir, n'est-ce
pas?

M. DE BEAUQUESNE.

Parfaitement, tant que je n'aurai pas les renseignements dont j'ai besoin!

Mme JACQUES.

Eh! bien, Monsieur, je vous cède la place, quand
vous serez parti je reviendrai.

M. DE BEAUQUESNE.

Mais, Madame, je vous en prie écoutez-moi.
(Elle traverse plusieurs fois la scène, il la suit toujours sans
pouvoir se faire écouter. Il reste seul.) Ça m'est égal, je
ne partirai pas, j'attendrai pendant quinze jours
s'il le faut! (Il s'arrête stupéfait.) Tiens qu'est-ce qu'il
a donc? C'est sans doute l'autre petit garçon de la
famille. Il paraît bien occupé... il se parle à haute
voix... Si je pouvais entendre ce qu'il dit.
Il s'éloigne tout doucement, Georges s'avance. M. de Beauquesne vient se placer derrière lui de manière à n'être pas
vu.

GEORGES.

Décidément il faut en finir. C'est aujourd'hui le
grand jour, je viens de faire un petit paquet dans
lequel j'ai mis quelques vêtements, ça me servira
toujours en attendant que je m'en achète des neufs.
Maintenant c'est le moment d'aller chercher ma
fortune, je vais descendre à la cave pour déterrer
mes vingt-cinq billets de mille francs qui m'attendent depuis si longtemps, et en route pour...
Aïe! Aïe Aïe!... (M. de Beauquesne lui tient le cou dans
ses deux mains.) Maman! Au secours!

M. DE BEAUQUESNE.

Je vais t'en donner du secours, petit filou !
(Il l'entraine dans les coulisses. On entend toujours Georges
crier. M. de Beauquesne revient seul. Il appelle.) Frédéric,
viens donc vite!

FRÉDÉRIC.

Voilà, Monsieur ! Tiens Georges, qu'est-ce qu'il a
fait ? Oh ! comme vous l'avez ficelé.

M. DE BEAUQUESNE.

Ce qu'il a fait mon pauvre Frédéric, c'est lui qui
a volé les vingt-cinq mille francs tout simplement.

FRÉDÉRIC.

Bah! Comment l'avez-vous su ?

M. DE BEAUQUESNE.

Il a eu l'imprudence de le dire à haute voix, là, à
l'instant, j'ai appris de cette façon qu'il les avait
enterrés dans la cave et que ce soir même il se disposait à se sauver avec.

FRÉDÉRIC.

Eh ! bien écoutez, Monsieur, à vous dire vrai, je
m'en doutais, mais je n'aurais pas osé porter une
pareille accusation contre lui !

M. DE BEAUQUESNE.

Reste auprès de lui pour qu'il ne se sauve pas.

Mme JACQUES.

J'ai entendu mon Georges qui m'appelait, je n'ai
eu que le temps de monter. (Apercevant M. de Beauquesne.) Encore vous, Monsieur, vous voulez déci-

dément vous installer chez moi. Est-ce vous par
hasard qui avez fait du mal à mon enfant ?

M. DE BEAUQUESNE.

Pendant votre absence, Madame, j'ai appris tout
ce que j'avais besoin de savoir, par conséquent ma
présence ici ne vous gênera pas longtemps. J'ai
maintenant la preuve que votre pauvre mari est
innocent, c'est l'essentiel

Mme JACQUES.

Alors, vous croyez m'apprendre là une grande
nouvelle, n'est-ce pas ? Croyez-vous que j'aie douté
un seul instant de son innocence ?

M. DE BEAUQUESNE.

Je le pense bien Madame! Mais malheureusement
cette heureuse découverte en cache une mauvaise,
car hélas, le voleur se trouve quand même dans
votre famille.

Mme JAC   ES.

Vous ne m'apprenez toujours rien de nouveau,
Monsieur, et je sais parfaitement que le monstre qui
s'est rendu coupable d'une pareille action est mon
fils.

M. DE BEAUQUESNE.

En êtes-vous sûre? Je crois que vous devez vous
tromper!

Mme JACQUES.

J'ai toujours eu la certitude que c'était mon fils
Frédéric.

M. DE BEAUQUESNE.

Je m'en doutais, et je tiens beaucoup à vous dé-
tourner de cette fausse idée. Tenez, si vous voulez

voir le vrai coupable, c'est facile, regardez-le, sa
punition commence.

Mme JACQUES.

Allons donc, mon Georges! Vous plaisantez, Monsieur!

M. DE BEAUQUESNE.

Il n'y a rien de plus vrai, Madame! Ce petit scélérat se croyant seul tout à l'heure m'a révélé qu'il
avait caché dans la cave les vingt-cinq mille francs,
et qu'il se disposait aujourd'hui même à vous abandonner en se sauvant avec mon argent.

Mme JACQUES.

C'est un rêve, ce n'est pas possible!

M. DE BEAUQUESNE.

Allons du courage, pauvre mère, ouvrez donc enfin
les yeux et sachez reconnaître la valeur de vos deux
enfants. Comment voilà deux petits êtres, dont l'un
hypocrite, menteur, méchant, capable de toutes les
infamies est dorloté, choyé par vous; tandis que
l'autre, pauvre enfant plein de cœur et d'intelligence, en est sans cesse repoussé Que seriez-
vous devenue sans les trois francs qu'il venait placer chaque jour sous votre porte.

Mme JACQUES.

Comment c'était lui qui?...

M. DE BEAUQUESNE.

Sans doute, et votre cœur restait insensible.

Mme JACQUES, pleurant.

Ainsi je ne m'en suis pas même doutée!

M. DE BEAUQUESNE.

Je vous quitte un instant, je vais revenir, ne vous

éloignez pas, n'est-ce pas, Madame, parce que j'attends quelqu'un qui doit venir, je vais au devant de lui.

Mᵐᵉ JACQUES.

Je suis à vos ordres, Monsieur. (Il sort.) C'est vrai pourtant! Ah! j'ai été bien aveugle en effet! Pour quoi! Je ne me l'explique pas. J'avais une préférence pour ce petit Georges, tandis que l'autre!.... Tout me déplaisait en lui, et cependant jamais il ne m'a donné de motifs de mécontentement, au lieu que l'autre bien au contraire! Ainsi sans ce pauvre Frédéric je serais morte de faim, et tout à l'heure encore je l'ai chassé. Ah! si je le tenais comme je l'embrasserais.

FRÉDÉRIC, se montrant tout doucement.

Mais je suis là, Maman!

Elle lui saute au cou. Ils pleurent et restent ainsi longtemps sans pouvoir exprimer leur pensée.

FRÉDÉRIC.

Ne pleure donc pas comme ça, Maman!

Mᵐᵉ JACQUES.

Pauvre petit, je te demande pardon de t'avoir traité ainsi.

FRÉDÉRIC.

Ne parlons plus de ça, maman, n'y pensons plus·

Ils sortent en se tenant enlacés

M. DE BEAUQUESNE.

Allons du courage, père Jacques.

JACQUES.

Ah! Monsieur, ma pauvre tête déménage, il y a de quoi devenir fou!

M. DE BEAUQUESNE.

Maintenant vous allez être tranquille.

JACQUES.

Jamais, Monsieur, le plus terrible pour moi c'est d'apprendre que je dois tout mon malheur à ce petit scélérat.

M. DE BEAUQUESNE.

Je vous le ferai oublier, père Jacques, je m'en charge. D'abord je vous préviens que vous ne reprendrez plus ce métier de cocher de flacre qui vous a été si fatal. J'ai le bonheur d'avoir une grande fortune, j'ai de mombreuses propriétés, je vous donne la garde et la surveillance d'un château que j'ai en Auvergne. Au moins là, vous serez heureux. Je vais m'occuper de Frédéric et lui faire donner une brillante instruction, avec son intelligence, il sera facile de faire quelque chose de lui. Quant à l'autre, monsieur Georges, il a droit également à toute notre sollicitude, et il faut la lui prodiguer largement. Nous allons également le faire instruire, et comme pensionnat nous choisirons une maison de correction dans laquelle il aura le temps jusqu'à vingt-et-un ans de songer à sa faute et de se préparer à une existence honorable.

JACQUES.

Faites comme vous l'entendez, Monsieur, ça vous regarde.

M. DE BEAUQUESNE.

Allons embrassez-moi, père Jacques, et pardonnez-moi tout le mal que je vous ai fait involontairement.

Ils s'embrassent.

Le rideau tombe.

L'ONCLE DE SAN-FRANCISCO

COMÉDIE EN UN ACTE

PERSONNAGES

MM. JÉROME FROMENTIN.
    ARTHUR FROMENTIN, neveu de Jérome.
    PHILIBERT FROMENTIN, neveu de Jérome.
    BENJAMIN, petit-neveu de Jérome.
    UN NOTAIRE.
Mᵐᵉ ARTHUR FROMENTIN.

L'ONCLE DE SAN-FRANCISCO

La scène représente une place publique.

ARTHUR, entrant avec une lettre à la main.

Tiens c'est curieux, je viens de recevoir cette lettre de mon oncle de San-Francisco. Il m'annonce son arrivée, en voilà une bonne affaire. Il est évident, puisqu'il revient, que sa fortune est faite et parfaitement faite. Voilà un magot qui va entrer dans ma petite poche comme par enchantement. Pourvu que mon cousin Philibert n'apprenne pas l'arrivée de ce cher oncle, c'est que je le connais Philibert, il est encore plus coquin que moi si c'est possible ; il serait capable d'aller au devant de mon oncle peur l'entortiller, afin de s'emparer de sa fortune. Voyons, que dit-il dans sa lettre. (Lisant.) Mon cher Arthur, j'arriverai ce soir à Paris par le train de 6 h. 30. (Parlant.) 6 h. 30, ça va bien, à 6 h. 30, j'irai chercher cet excellent oncle à la gare.

Il s'éloigne.

PHILIBERT, une lettre à la main.

Ah ! par exemple, voilà une bonne surprise ! Mon oncle de San-Francisco qui m'écrit ! Il doit avoir une fortune immense ce brave homme ! C'est drôle, j'avais le pressentiment de ce qui m'arrive, je me disais toujours: Philibert ne te tourmente pas, tu

as un oncle en Amérique qui travaille pour toi; il
reviendra un jour avec une fortune considérable.
Et voilà cet excellent oncle qui arrive, avec la fortune qui l'accompagne... Ah! mais, pourvu que
mon cousin Arthur ne se doute pas de ceci, car
c'est un fameux coquin, lui!... Puisque mon oncle
m'écrit, c'est qu'il a des intentions particulières à
mon égard, c'est clair, je n'ai donc pas à me tourmenter. Voyons, que dit mon oncle. ? (Lisant.) J'arriverai à Paris par le train de 6 h. 30. (Parlé.) Allons,
ça fait mon affaire à 6 h. 30, je serai à la gare!

BENJAMIN, avec une lettre à la main.

Merci, Mame Pipelet, vous êtes bien aimable!
Qu'est-ce que c'est donc ça? Un monsieur qui
m'écrit une lettre ; il se dit mon oncle! Moi qui me
croyais seul au monde, sans parents, sans rien du
tout, je ne savais même pas comment c'était fait ça,
un oncle! Il me dit qu'il arrivera ce soir par le
train de 6 h. 30! Je suis bien content ma foi, je
vais me dépêcher de finir mon travail, j'irai chercher cet excellent oncle à la gare.

Il s'éloigne comme un fou, en gambadant.

JÉROME, parlant à la cantonade.

Ça ne fait rien, laissez mes bagages, je viendrai
les prendre tout à l'heure. (Au public.) Ah ! j'avais
mal pris mes mesures, je croyais que le train arri-
vait à 6 h. 30, et pas du tout, c'est à 6 heures, de
sorte qu'aucun de mes neveux ne m'attendait à la
gare, ces pauvres enfants, comme ils vont être
surpris! Ainsi voilà mon pauvre pays que je n'ai
pas vu depuis vingt-sept ans, et rien n'est changé;
c'est dans ce quartier qu'habitent tous les membres de ma famille! Tiens, mais je ne me trompe
pas, il me semble reconnaître mon neveu Arthur !

ARTHUR, entre en parlant à la cantonade.

Parfaitement, Monsieur, je vous attendrai demain à trois heures.

JÉROME.

Pardon, Monsieur, n'êtes-vous pas Monsieur Arthur ?

ARTHUR.

Arthur, oui, Monsieur !

JÉROME.

Il me semblait bien vous reconnaître !

ARTHUR.

Je me nomme Arthur, en effet, monsieur, mais vous devez vous tromper !

JÉROME.

Du tout, je ne me trompe pas. Arthur Fromentin ? Et vous ne me reconnaissez pas ? Regardez-moi donc bien en face.

ARTHUR, il le regarde dans tous les sens.

J'ai beau vous regarder, Monsieur, je ne vous reconnais pas du tout !

JÉROME.

Comment vous ne reconnaissez pas votre oncle Jérome qui revient de si loin pour vous embrasser ?

ARTHUR.

Mon oncle Jérome. (Il se précipite sur lui, et l'embrasse à l'étouffer.) Oh ! ce cher oncle, mais venez donc avec moi, je vous en prie.

Il l'entraîne.

PHILIBERT.

En attendant 6 h. 30 j'ai encore quelques minutes. Je vais donc voir ce fameux oncle ; j'ai rencontré mon cousin Arthur, et il ne m'a parlé du tout de son arrivée, donc il n'en est pas prévenu, c'est le principal !

JÉROME, sans voir Philibert, parlant à la cantonade.

C'est ça mon cher ami, à tout à l'heure. (Apercevant Philibert.) Tiens ! oh ! je ne me trompe toujours pas, cette fois c'est Philibert ! Bonjour, mon cher Philibert.

Il va pour l'embrasser, Philibert le repousse.

PHILIBERT.

Mais permettez, Monsieur, je ne vous connais pas !

JÉROME.

Comment, Philibert, ce n'est pas possible ? Voyons, rappelez donc bien vos souvenirs. (Philibert à ces paroles met son crane sur la tablette, et reste dans cette singulière posture.) Mais qu'est-ce que vous faites donc ?

PHILIBERT.

Vous le voyez, je rappelle tous mes vieux souvenirs !

JÉROME.

C'est curieux, mais je suis donc bien changé ?

PHILIBERT.

Non, je ne vous trouve pas changé, ne vous ayant jamais vu, je vous trouve toujours le même !

JÉROME.

Mais voyons, Philibert ! Souvenez-vous donc ;

quand vous étiez petit, comme je vous faisais sauter sur mes genoux!

PHILIBERT.

Ah! par exemple, s'il fallait que je me souvienne de tous ceux qui m'ont fait sauter sur leurs genoux, il m'en faudrait une mémoire!

JÉROME.

Cependant, mon ami, il doit y avoir une place spéciale pour moi dans le fond de votre cœur.

PHILIBERT.

A propos de quoi?

JÉROMÉ.

Mais à propos du lien de parenté qui nous unit.

PHILIBERT.

Quel lien de parenté?

JÉROME.

Il faut donc vous le dire, Philibert, alors vous ne reconnaissez pas votre vieil oncle qui n'a pas voulu mourir loin de vous?

PHILIBERT, il tombe à la renverse et se relève presque aussitôt.

Mon oncle! mon cher oncle! mon digne oncle! Oh! pardonnez-moi. Venez donc, je vous en prie.
        Il saute sur lui et l'embrasse, puis il l'entraîne.

JÉROME, revenant presque aussitôt. Il parle à la cantonade.

C'est ça, Philibert, oui mon ami, nous passerons la soirée ensemble. Décidément c'est complet, voilà le petit Benjamin, encore un de mes petits neveux celui-là.

BENJAMIN, il arrive en dansant et en chantant sans voir
    Jérôme, puis il s'arrête stupéfait en l'apercevant.

Bonjour, M'sieur!

JÉROME.

Mon petit ami, je suis pour toi, non seulement un
Monsieur, mais je suis plus encore, je suis ton oncle!

BENJAMIN.

Comment, Monsieur, c'est vous qui m'avez écrit
cette lettre que j'ai reçue ce matin?

JÉROME.

Mais oui, mon ami!

BENJAMIN.

Oh! ça me fait joliment plaisir! Voulez-vous me
permettre de vous embrasser?

JÉROME.

Avec plaisir, mon petit bonhomme!

Ils s'embrassent

BENJAMIN.

Mais dites-moi, mon cher oncle, après un si grand
trajet, vous devez être bien fatigué! Voulez-vous
me permettre de vous offrir quelque chose, un bol
de bouillon?

JÉROME.

Avec plaisir, mon ami.

Ils partent bras-dessus, bras-dessous.

Mme ARTHUR.

Oh! c'est épouvantable! Ainsi quand on pense

que voilà un héritage sur lequel nous comptions depuis plus de vingt ans, et au moment où nous allions peut-être nous en emparer, voilà qu'il va nous échapper. Je le disais sans cesse à Arthur, et il se contentait toujours de me répéter : Pulchérie, ne te tourmente donc pas !

ARTHUR.

Pulchérie, ne te tourmente donc pas !

Mme ARTHUR.

Arthur, je suis désolée ! Quand on pense que Philibert vient d'apprendre l'arrivée de notre oncle !

ARTHUR.

Sois donc tranquille, Pulchérie, je saurai bien attirer notre oncle chez nous, et une fois qu'il y sera, si jamais Philibert voit la couleur de son argent, il aura de la chance !

Mme ARTHUR, pleurant.

C'est égal Arthur je n'ai pas confiance.

ARTHUR.

Pulchérie ne te tourmente donc pas.

Ils sortent.

JÉROME.

Je suis dans le ravissement, bien heureux ma foi de trouver un semblable accueil dans une si bonne famille. Ces chers amis, ils sont enchantés. Quel doux plaisir, après une si longue absence, de trouver une si généreuse sympathie. Mais c'est égal, avant d'aller plus loin, je voudrais bien savoir au juste à quoi pouvoir m'en tenir sur le compte de chacun d'eux ; je vais les questionner séparément à ce sujet. Voici justement Arthur...

3.

ARTHUR.

Mon cher oncle, mais que faites-vous donc? Pourquoi restez-vous ainsi dans la rue ? Pourquoi ne venez-vous pas chez nous? Vous n'ignorez pas que notre maison est la vôtre, et vous ne nous ferez pas l'indélicatesse d'accepter l'hospitalité autre part. Si vous saviez, mon cher oncle, comme Pulchérie et moi, nous comptions sur votre retour, pour vous dorloter, vous mijoter, vous mettre dans du coton· Il ne se passait pas de jours sans que nous pensions à vous, et nous disions toujours: ce cher oncle, quand donc viendra-t-il? Quand aurons-nous le bonheur de le posséder? Enfin, nous vous tenons et nous ne vous lâchons plus, vous allez finir vos jours au milieu de nous, n'est-ce pas, mon brave oncle ? nous allons entourer votre vieillesse de bons soins, de tendres dévouements. C'est entendu, hein?

JÉROME.

Hélas! cher ami, c'est impossible.

ARTHUR.

Impossible! Allons donc, pourquoi ça ?

JÉROME.

Parce que, mon ami !

ARTHUR.

Parce que quoi? Avez-vous une raison ?

JÉROME.

Certainement, je sais que vous n'êtes pas riches, et comme moi de mon côté, je suis plus pauvre que vous encore !

ARTHUR.

Comment ça? Eh bien! et vos millions?

JÉROME.

Ah! c'est juste, j'ai oublié de vous le dire ! Vous ne savez donc pas, mon cher Arthur, que le navire qui m'apportait en Europe a sombré, engloutissant cette fortune immense que j'avais amassée là-bas !

ARTHUR.

Bah ! Alors, vous n'avez plus rien du tout ?

JÉROME.

Absolument rien, mon ami, si ce n'est ce que votre bon cœur voudra bien faire pour moi !

ARTHUR.

Je vais vous dire, mon cher oncle, c'est que vous ne savez peut-être pas comme tout est cher aujourd'hui !

JÉROME.

Mais, mon ami, pour moi, il faudrait si peu de chose.

ARTHUR.

Oh! si peu que ce soit, c'est toujours beaucoup pour nous ! Et puis je connais Pulchérie, vous ne la connaissez pas comme moi Pulchérie ! Jamais elle ne voudra s'imposer un sacrifice semblable ! Enfin écoutez, mon cher oncle, je ne vous repousse pas, loin de là, je connais trop mes devoirs, je sais à quoi ils m'obligent. Seulement vous comprenez, vous me prenez là à l'improviste, laissez-moi au moins le temps de réfléchir; accordez-moi seulement, une quinzaine d'années et je vous rendrai réponse.

Il se sauve.

JÉROME.

Une quinzaine d'années! Mais d'ici là, j'ai le temps
de mourir cinquante-trois fois! En voilà toujours
un sur le compte duquel je suis fixé. Ça me fait de
la peine, mais je ne suis pas fâché d'être renseigné.
Heureusement qu'il me reste Philibert, j'espère
bien que son cœur sera plus généreux.

PHILIBERT.

Ah! ce cher oncle! Je suis tout essoufflé! Dites-
moi, mon bon oncle; je viens de vous faire préparer un petit déjeûner succulent, et de plus, un petit appartement gentil à croquer. Figurez-vous
qu'il vient de m'arriver une idée supérieure, il est
vrai que je n'en ai que de comme ça, moi. Je me
suis dit tout à l'heure : Philibert, mon ami, tu es
jeune, tu as une belle situation, tu es libre et indé-
pendant, pourquoi ne partagerais-tu pas ton existence avec cet excellent oncle Jérôme! Qu'est-ce
que vous dites de ça, hein? Nous pouvons vivre
ensemble, comme deux bons camarades, sans jamais avoir une dispute, jamais une querelle! Est-
ce que ce n'est pas le bonheur parfait que je vous
propose?

JÉROME.

Trop parfait hélas!

PHILIBERT.

Allons donc, mon cher oncle, est-ce qu'il y a
quelque chose de trop beau pour vous? C'est entendu, vous acceptez, hein?

JÉROME.

Mon ami, il m'est impossible de vous imposer un
sacrifice semblable!

PHILIBERT.

Un sacrifice ! Permettez, mon cher oncle, ne parlez donc pas comme ça, je ne veux pas qu'il soit question d'argent, pour le moment du moins...

JÉRÔME.

Pour le moment... mais, plus tard, il en sera encore moins question que maintenant.

PHILIBERT.

C'est à dire mon cher oncle que plus tard, s'il vous plaît de me coucher sur votre testament, bien douillettement, bien tranquillement.

JÉROME.

Mais mon pauvre ami, mon testament est tout fait, puisqu'il ne me reste pas même cinq centimes.

PHILIBERT.

S'il vous plaît ?

JÉROME.

Je suis dans la dernière des misères !

PHILIBERT.

Ah ! c'est une plaisanterie, on dit que vous avez des millions !

JÉROME.

Mon cher Philibert, si je suis revenu en Europe, c'est parce que j'ai été perdre là-bas le peu que j'y avais porté.

PHILIBERT.

Alors il ne vous reste rien, pas même quelques petites obligations ?

JÉROME.

Rien, rien, rien!

PHILIBERT.

Ça ne suffit pas pour vivre !

JÉROME.

J'ai tort cependant de parler ainsi, je possède au contraire un véritable trésor.

PHILIBERT.

Ah! Je savais bien!

JÉROME.

Je possède ce que vous m'offrez de si bon cœur et que la nécessité sans doute me forcera peut-être à accepter !

PHILIBERT.

Ah! oui, mais permettez, ce n'est pas comme ça que je l'entendais! Non! je comprenais que vous participeriez au moins pour la moitié dans les frais. Je vous l'ai dit, c'est vrai ; j'ai une bonne position, mais ce n'est pas une raison pour que je m'impose un sacrifice semblable, vous seriez mon père, je le ferais peut-être, et encore je ne le crois pas. Enfin bref, mon cher oncle, quand il vous plaira de venir me demander à déjeuner, de temps en temps, je vous recevrai toujours avec joie! Au revoir, mon cher oncle, au plaisir!

Il se sauve.

JÉROME.

Eh! bien? ça y est! C'est complet! Ainsi quand on pense que j'ai quitté San-Francisco, ce pays bienheureux où j'ai gagné cette fortune par mon

intelligence, avec mon travail. J'ai quitté là-bas de
bons et sincères amis, une vraie famille nouvelle
que j'avais su m'y créer, et j'ai laissé ces pauvres
gens, pour venir retrouver quoi ici? cette famille
hypocrite et lâche! Je n'ai plus qu'une chose à
faire, c'est d'aller retrouver vivement ceux que j'ai
si maladroitement abandonnés.

BENJAMIN.

Qu'est ce que vous faites donc, mon oncle? Je
vous vois toujours avec mes deux cousins, et moi,
vous n'avez même pas l'air de me regarder.

JÉROME.

Il ne faut pas m'en vouloir, mon petit ami, j'allais
justement aller te voir pour te faire mes adieux.

BENJAMIN.

Comment vos adieux ? A peine arrivé, vous parlez déjà de partir.

JÉROME.

Il le faut, pauvre enfant! Je suis obligé de retourner à San-Francisco, pour essayer de refaire
cette fortune immense que j'avais amassé là-bas,
et que j'ai perdu en venant ici. J'ai demandé l'hospitalité à tes deux cousins, et tous deux m'ont repoussé avec le même empressement. Il ne me reste
que toi, pauvre petit, à qui j'aurais pu faire la
même demande ; mais à ton âge, il n'y faut pas
penser !

BENJAMIN.

Mais permettez, mon oncle, je ne vous comprends
pas! Ainsi, je suis seul au monde, petit orphelin,
sans parents, sans rien du tout. Il m'arrive tout-à-

coup u oncle, et il se pourrait que je le repousse.
Je suis u petit ouvrier, c'est vrai, je gagne modes-
tement m ie, mais il m'est possible de vous empêcher de ourir de faim. Je n'ai chez moi qu'un
mauvais lit n fer, en attendant que je vous en
achète un ne , vous coucherez dessus, moi je
coucherai par te re. (Le prenant avec effusion.) Mais je
ne veux pas vous quitter !

JÉROME.

Pauvre petit bonho me ! Viens avec moi, tu n'y
perdras pas !

Ils sortent.

**Il convient de laisser ici un moment d'intervalle pendant le-
quel on peut jouer un petit morceau de piano.**

LE NOTAIRE, un paquet de papiers à la main.

Voilà onze ans que je suis notaire! Depuis cette
époque, jamais je n'ai vu un cas semblable à celui-
ci ! Un Monsieur, fort bien portant ma foi, est venu
tout à l'heure à mon étude pour y faire son testament, il ne s'agit sans doute que d'une mesure
de prévoyance. Après avoir déposé entre mes mains,
la somme énorme de quatre millions, en billets de
banque, il a exigé que je communique immédiatement ce testament aux membres de sa famille.
Voilà certainement un fait très-original, mais ce
Monsieur paye si largement que je n'ai pu lui re-
fuser ce service. Voyons, il s'agit de communiquer
ceci aux héritiers Fromentin. Ah ! voilà justement
monsieur Arthur. (Appelant.) Hé ! là-bas! monsieur
Arthur pst... ohé !... Monsieur Arthur, ohé ! ohé !
pstt.

ARTHUR.

Qu'est-ce qu'il y a Monsieur le notaire ?

LE NOTAIRE.

Tenez, monsieur Arthur puisque, vous voilà, je vais vous communiquer quelque chose, ça m'évitera de monter chez vous !

Il pose ses papiers sur la tablette. Arthur cherche à lire ce qu'il y a d'écrit, le notaire le repousse, cette dernière scène peut se recommencer deux ou trois fois.

ARTHUR.

Mais qu'est-ce que c'est que ça ?

LE NOTAIRE.

Ça, c'est le testament de Monsieur votre oncle...

ARTHUR.

Le testament de... (Il part d'un formidable éclat de rire et se tortille en tous sens. Le notaire qui le regarde reçoit un grand coup de tête sur la sienne et va tomber sur le coin de la scène. Arthur s'arrête tout à coup et dit:) Oh! pardon, Monsieur le notaire, je ne vous savais pas si près !

LE NOTAIRE, se tenant la tête.

C'est égal, vous pourriez bien faire attention !

ARTHUR.

C'est mal ce que vous faites là, Monsieur le notaire, vous avez appris comme moi que mon oncle était ruiné, et vous venez vous moquer de moi, franchement ce n'est pas charitable.

LE NOTAIRE.

Monsieur Arthur, je ne me moque jamais de personne.

ARTHUR.

Comment c'est donc sérieux ?

LE NOTAIRE.

Ah! ça voyons, vous demandez si c'est sérieux?
Un monsieur qui possédant quatre millions en fait
le partage, cela vous fait rire!

ARTHUR.

Quoi? Qui ça? qui est-ce qui a quatre millions?

LE NOTAIRE.

Mais, Monsieur votre oncle!

ARTHUR

Comment mon oncle a quatre millions?

LE NOTAIRE.

Mais certainement!

ARTHUR.

Oh! Et moi qui l'ai si bien envoyé promener.
Pourvu qu'il n'ait pas pris mes paroles au sérieux.
Mais en quoi ce testament peut-il m'intéresser,
Monsieur le notaire.

LE NOTAIRE.

Il y a un article pour vous!

ARTHUR.

Ah! il y a un article pour moi, tout n'est pas
perdu peut-être. Voyons cet article! (Pendant que
le notaire cherche dans ses papiers il lui tape sur la tête en
lui disant :) Depêchez-vous donc, Monsieur le notaire!

LE NOTAIRE.

Allons, voyons restez donc tranquille... Tenez
voici l'article qui vous concerne. (Lisant :) Mon neveu

Arthur, Jean-Baptiste, Désiré, Athanase, François, Nepomucène...

ARTHUR.

Oui, oui, abrégez, Monsieur le notaire, ce sont mes prénoms, j'en ai quarante-trois !

LE NOTAIRE.

Bon, je veux bien ! (Lisant :) Je lui lègue la somme de...

ARTHUR.

Oh ! la somme de ?

LE NOTAIRE.

La somme de zéro francs et autant de centimes.

ARTHUR, il se précipite sur le testament pour lire l'article qui le concerne.

Mais oui, il y a ça ! Monsieur le notaire, vous aurez la bonté de dire à mon oncle que j'irai moi-même lui exprimer ma façon de penser.

LE NOTAIRE.

Vous lui avez déjà exprimé, vous-même, votre façon de penser.

ARTHUR.

Mais Monsieur le notaire....

LE NOTAIRE.

En voilà assez je n'ai pas le temps, laissez-moi tranquille. (D'un vigoureux coup de tête il l'envoie rouler dans les coulisses. Arthur revient plusieurs fois à la charge et le notaire s'en débarrasse de la même manière.) Quelle famille ! Voyons, maintenant nous avons monsieur Philibert l'inventeur breveté des mèches à gaz ! Il reste là-haut au troisième. (Appelant.) Monsieur

Philibert! Hé pst... pst!.. hé!.. ohé... Ah! le voilà!
Dites donc, écoutez, j'ai quelque chose à vous dire !

Ii fouille toujours dans ses papiers.

PHILIBERT.

Qu'est-ce que vous me voulez, Monsieur le notaire ?

LE NOTAIRE

J'ai à vous communiquer des pièces de la plus
haute importance.

PHILIBERT.

A moi, Monsieur le notaire ? De quoi s'agit-il ?

LE NOTAIRE.

Il s'agit de vous donner connaissance du testament de votre oncle Jérôme.

PHILIBERT.

Le testament de mon...

*Il éclate de rire, essayant plusieurs fois de parler sans pou-
voir y parvenir.*

LE NOTAIRE.

Ils sont très gais dans cette famille !

PHILIBERT.

Oh ! elle est bien bonne ! En voilà un aplomb, c'est
facile, on n'a pas le sou, ça ne fait rien, on fait son
testament tout de même, ça vous pose...

LE NOTAIRE.

Ah! ça ! qu'appelez-vous n'avoir pas le sou ? Un
monsieur qui possède quatre millions, vous appelez ça n'avoir pas le sou ?

PHILIBERT.

Un Monsieur, quel Monsieur ?

LE NOTAIRE.

Eh, bien ! Monsieur votre oncle !

PHILIBERT.

Mon oncle possède quatre millions ?

LE NOTAIRE.

Mais parfaitement !

PHILIBERT.

Oh ! ce cher oncle ! Je suis certain que sur ces quatre millions il y en a au moins trois et demi pour moi ! Voyons je vous prie, Monsieur le notaire ?

LE NOTAIRE.

Voyons ! Ah ! voici ! Mon neveu Philibert, je ne lui laisse absolument rien, pas autre chose avec, et c'est tout !

PHILIBERT.

Comment c'est tout ? faut-il pas encore que je vous fasse un reçu avec un timbre de dix centimes ? Ce n'est pas un testament, c'est une vulgaire plaisanterie!...

LE NOTAIRE.

Oui, c'est entendu !

PHILIBERT.

Monsieur le notaire....

LE NOTAIRE.

Laissez-moi tranquille. (Même scène qu'avec Arthur,

il le fait partir à coups de tête.) Voyons maintenant, il reste encore un petit héritier, mais pour celui-là, je crois que son oncle fera la chose lui-même.

Il ramasse ses papiers et s'en va.

BENJAMIN.

En voilà une affaire, moi qui croyais ce pauvre oncle dans la dernière des misères, moi qui m'apprétais même à le secourir, voilà qu'il me donne quatre millions ! Qu'est-ce que je vais faire de tout ça ? Je vais m'amuser à passer toute mon existence à faire du bien ! Je vais soulager tous les pauvres que je connais, et j'en connais joliment. J'espérais bien pouvoir un jour me procurer ce bonheur, mais je n'aurais jamais pensé pouvoir l'obtenir si jeune, et surtout aussi largement.

JÉROME.

Eh ! bien mon petit Benjamin, es-tu content ?

BENJAMIN.

Oh! certainement, mon cher oncle, mais remarquez bien, je vous en prie, que si je suis si heureux, ce n'est pas pour cette fortune que vous me donnez, car elle ne me donnera jamais le bonheur parfait, elle ne me rendra jamais mes pauvres parents que j'ai perdus. Mais je suis bien plus heureux de trouver en vous un digne homme pour les remplacer, et me garder dans le chemin de la vie.

JÉROME.

Allons, embrasse-moi, pauvre petit, tu n'as trouvé que ce que ton bon cœur mérite.

Ils s'embrassent.

LE RETOUR DU MATELOT

COMÉDIE EN TROIS ACTES

PERSONNAGES

———

MM. FORESTIER, vieux fermier.
    PAUL, son fils, matelot.
    NICOLAS, aventurier.
    MATHIEU, fiancé de Gertrude.
    POMPONEAU, garde-champêtre.
    GAVROCHE.
    LORD TOGRAF.
    MARASQUIN, voisin.
    BOUFPOMME, maître d'école.
Mmes FORESTIER.
    GERTRUDE, sa fille.

Passants.

———

LE RETOUR DU MATELOT

ACTE PREMIER

La scène représente une place de village.

MARASQUIN.

Mon cher monsieur Boufpomme, c'est comme je vous le dis, et je n'exagère en rien malheureusement. C'est un homme qui pour de l'argent ferait n'importe quoi !

BOUFPOMME.

Bah !...

MARASQUIN.

Du reste, vous le voyez bien, ici, il ne possède aucune sympathie, personne ne le fréquente.

BOUFPOMME.

C'est vrai ! Est-ce que vous avez connu son fils Paul ?

MARASQUIN.

Si je l'ai connu ? je crois bien ! Un charmant petit garçon, d'une intelligence remarquable, et un cœur, monsieur Boufpomme ! un cœur extraordinaire !

4

BOUFPOMME.

Et avec des qualités semblables, il était maltraité par ses parents ?

MARASQUIN.

Maltraité ! battu ! à un tel point qu'un beau jour, fatigué de souffrir, il a disparu ; il y a de cela quinze ans, et depuis il n'a jamais donné de ses nouvelles, on a toujours ignoré ce qu'il était devenu !

BOUFPOMME.

C'est navrant, monsieur Marasquin, c'est navrant !

MARASQUIN.

Comme vous le dites, monsieur Boufpomme, c'est désolant ; et j'en ai toujours été frappé, car j'aimais beaucoup cet enfant.

BOUFPOMME.

Non seulement çà, mais on dit que ce méchant homme va maintenant jusqu'à sacrifier le bonheur de sa fille.

MARASQUIN.

C'est vrai, il veut la marier de force avec ce Nico- las, un aventurier, un inconnu, qui est venu s'ins- taller dans le pays il y a six mois ; on se demande de quoi il peut bien vivre, jamais il ne travaille et il est toujours en état d'ivresse.

BOUFPOMME.

Oh ! quelle infamie ! Est-ce que sa fille ne devait pas épouser le fils Mathieu ?

MARASQUIN.

Oui, mais tout est rompu !

BOUFPOMME.

Eh, bien ! mais, la mère n'a donc aucune influence ?

MARASQUIN.

La mère ! Ah ! bien oui, mais mon ami elle est encore pire que lui ; ils étaient bien faits pour s'entendre, les deux monstres, c'est à qui des deux aura le plus de vices et de méchanceté. Allons je vous quitte, monsieur Boufpomme, je vais à la charrue, à tantôt !

BOUFPOMME.

Au revoir, monsieur Marasquin, bon courage !
                    Ils sortent chacun de leur côté.

FORESTIER.

Il ne manquerait plus que ça que je ne sois pas le maître de mes actions. Je sais que personne ne peut me souffrir dans le pays, mais ça m'est bien égal par exemple. Moi je ne m'occupe pas des affaires des autres, par conséquent je ne veux pas que l'on s'introduise dans les miennes.
Gavroche sans être vu de lui le chatouille avec le bout d'un bâton, Forestier s'impatiente et s'emporte.

GAVROCHE, caché.

Bonsoir, père Lentimèche !...

FORESTIER.

Je vais vous en donner du Lentimèche.
                         Il sort furieux.

GAVROCHE, revenant d'un autre côté.

Il est furieux ce pauvre père Forestier ! Moi, si

je ne l'avais pas pour me distraire je passerais de tristes journées.

Il fait le moulinet avéc son bâton. Forestier qui arrive à ce moment reçoit un coup sur la tête et Gavroche se sauve.

FORESTIER.

Misérable gamin ! il me fera mourir avant la fin de mes jours !

MATHIEU, il arrive en pleurant bêtement.

Ah ! père Forestier.

FORESTIER.

Qu'est-ce que vous avez, Mathieu ?

MATHIEU.

Pouvez-vous le demander, monsieur Forestier ! J'ai mon cœur qui sèche !

FORESTIER.

Bah ! ben faut l'humecter !

MATHIEU.

Ne plaisantez pas, monsieur Forestier, c'est mal ce que vous faites là.

Il se met à sangloter d'une façon ridicule.

FORESTIER.

Ah ça, avez-vous fini ? Oh ! mon pauvre ami que vous avez l'air bête quand vous pleurez, il est vrai que ça ne vous change pas beaucoup !

MATHIEU.

Que voulez-vous, monsieur Forestier, c'est de naissance ! C'est vous qui m'avez brisé le cœur !

FORESTIER.

Allons donc, je n'y ai pas touché !

MATHIEU.

Non, mais voyons franchement, ce n'est pas sérieux, n'est-ce pas, vous ne donnerez pas Gertrude
en mariage à ce Nicolas ?

FORESTIER.

Et pourquoi, je vous prie, ne la lui donnerais-je
pas ?

MATHIEU.

Mais parce que vous me l'aviez donnée avant,
j'avais votre parole. Je l'ai même toujours, votre parole !

FORESTIER.

Faut la garder précieusement, mon ami, ça vous
fera un souvenir de moi.

MATHIEU.

Mais pourquoi avez-vous changé d'idée ? est-ce
que vous ne me trouvez pas assez beau pour votre
fille, moi qui l'aime depuis le jour où je l'ai connue en nourrice ?

FORESTIER.

C'est pas ça, mon pauvre Mathieu. La vérité, la
voilà : c'est que vous n'avez pas le sou.

MATHIEU.

Moi ? j'ai onze francs vingt-cinq !

FORESTIER.

Tandis que Nicolas, en épousant ma fille, lui apporte dix beaux petits billets de mille francs!

MATHIEU.

Savez-vous d'où ils viennent ces beaux billets ?

4.

FORESTIER.

Ah! ça! je m'en moque! pourvu qu'ils viennent chez moi c'est le principal!

MATHIEU.

Eh, bien! père Forestier, vous verrez que vous allez commettre une grave imprudence; pour moi! votre Nicolas, ce n'est qu'un débauché, un ivrogne, un paresseux!

FORESTIER.

C'est bon, c'est bon, c'est la jalouseté qui vous fait parler.

MATHIEU.

Je vous demande pardon...

FORESTIER.

En voilà assez! je ne veux plus rien entendre!
Il s'en va, Mathieu le suit voulant lui parler. Ils traversent ainsi plusieurs fois la scène et disparaissent complétement.

NICOLAS, se tenant la tête.

Ah! misérables paysans! Je viens encore de recevoir un coup, et impossible de découvrir celui qui me l'a donné. Ils ne peuvent me voir, tous les habitants de ce pays, parce qu'il m'a plu de venir m'y installer sans leur demander conseil, sans doute. Depuis le jour où mon mariage avec mademoiselle Gertrude a été annoncé, leur rage a été plus forte encore. Ça m'est égal! je leur ferai voir que je me soucie bien peu de leur rancune et de leur dédain; en attendant j'épouserai quand même la plus riche héritière du pays, grâce aux dix mille francs que j'ai su si adroitement me procurer, d'une façon peu avouable, c'est vrai, mais

bast! moi seul connais mon secret, c'est le principal.

GAVROCHE, vient d'entendre les dernières paroles de
Nicolas. Il ne montre que sa tête.

NICOLAS.

Hé! psstt!
Nicolas regarde en l'air et reçoit un coup de bâton sur la
tête.

NICOLAS.

C'est insupportable!

FORESTIER.

Qu'est-ce qu'il y a donc, mon ami?

NICOLAS.

Il y a cher monsieur Forestier que ma situation
n'est plus tenable, je suis martyrisé par tout le
monde ici, et si nous ne terminons pas vivement
ce mariage, je risque fort d'être tué avant le jour
de la cérémonie, vous serez forcé alors de vous
passer de moi ce jour-là.

FORESTIER.

Mon ami, vous avez parfaitement raison, je sais
que tous ces envieux vous veulent beaucoup de
mal, c'est pourquoi nous allons fixer immédiatement le jour du mariage. E attendant, ne faites
pas attention à tout ce qui se dit, à tout ce qui se
fait. Ainsi, moi si j' les écoutais, vous seriez le
dernier des malfaiteurs, un ivrogne, un paresseux!

NICOLAS.

Ah! peut-on dire des choses pareilles!

FORESTIER.

La méchanceté, cher ami, il n'y faut pas faire

attention, je sais bien au contraire que je trouverai
en vous le meilleur des gendres, un homme sérieux,
laborieux, consciencieux !...

NICOLAS.

Soyez-en convaincu, cher beau-père, allons, à
tantôt, n'est-ce pas ?

FORESTIER.

A tantôt, mon ami, et si on vous donne des coups
de bâton, recevez-les avec grandeur et mépris!

NICOLAS.

Parfaitement ! au revoir !

Il s'éloigne.

FORESTIER.

Pauvre garçon ! un si bon cœur ! il m'a encore
offert une tabatière de vingt-cinq centimes avant-
hier.

MARASQUIN.

Tiens vous voilà ! père Forestier !

FORESTIER.

Bonjour, monsieur Marasquin.

MARASQUIN.

Monsieur Forestier, j'ai à vous faire part d'un
petit événement qui certainement va vous causer
une grande joie !

FORESTIER.

Une grande joie ! je ne vous comprends pas !

MARASQUIN.

Il y a longtemps, n'est-ce pas, que vous avez entendu parler de Paul ?

FORESTIER.

Longtemps, en effet, Monsieur, et je désirerais
qu'il en soit toujours ainsi.

MARASQUIN.

Allons donc ! vous ne dites pas ce que vous
pensez.

FORESTIER.

Toujours, Monsieur, je dis ce que je pense. Mon
fils Paul est parti de la maison ! Depuis le jour où
il s'est enfui, il est mort pour moi ; je le saurais
dans la plus affreuse des misères, je m'en réjouirais,
et je ne ferais pas la dépense d'un verre d'eau pour
le secourir.

MARASQUIN.

Vous dites ça, mais je suis bien certain, que s'il
était là devant vous implorant son pardon, vous
seriez le premier à lui tendre les bras.

FORESTIER.

Jamais ! et si le cas se présentait, ce qui est peu
probable, je vous prouverais que quand j'ai dit une
chose, elle est dite et bien dite, et que rien au
monde ne m'en ferait démordre ! Mais comme cela
ne se présentera pas, espérons-le...

MARASQUIN.

C'est-à-dire, au contraire, que cela va se présenter aujourd'hui même, car j'ai reçu une lettre de
Paul par laquelle il m'annonce son arrivée et me
charge de vous y préparer pour éviter une trop
grande émotion.

FORESTIER.

J'ai mal entendu, ce n'est pas possible ; comment

ce monstre aurait l'aplomb de revenir chez moi,
de s'asseoir à ma table, après avoir été vagabonder
on ne sait où. Ah! monsieur Marasquin je vous en
prie, si vous voulez éviter un malheur, tâchez qu'il
ne paraisse pas devant mes yeux !

MARASQUIN.

Allons, monsieur Forestier, calmez-vous et permettez-moi de vous parler franchement. Il faut
avouer que vous n'avez pas toujours bien agi envers lui !

FORESTIER.

Moi ?

MARASQUIN.

Certainement, vous avez des reproches à vous
faire ; de même en ce moment, ce que vous faites
pour votre fille, en la mariant avec cet ignoble
personnage !

FORESTIER.

Ah! monsieur Marasquin, en voilà assez! Je fais
ce qui me plaît et ne reconnais à personne le droit
de juger mes actes. Je vous prie dorénavant de ne
plus m'adresser la parole !

Il sort.

MARASQUIN.

Quelle horrible nature! Tiens voilà sa femme, je
vais lui apprendre la chose, nous allons voir si elle
a un peu plus de cœur que son respectable époux.

Mme FORESTIER.

Dites donc, monsieur Marasquin, savez-vous ce
qu'a mon mari? Il court comme un fou, il rentre
à la maison !

MARASQUIN.

C'est une nouvelle que je viens de lui apprendre, qui l'a mis dans cet état.

Mme FORESTIER.

Une nouvelle! quelle nouvelle?

MARASQUIN.

L'arrivée de votre fils, dans un instant il sera ici!

Mme FORESTIER.

Mon fils ici! Ah! je comprends sa douleur, pauvre homme, évitez-nous un nouveau chagrin, n'est-ce pas? tâchez qu'il ne vienne pas à la maison, ce scélérat, sans cela il lui arriverait un malheur !

Elle se sauve.

MARASQUIN.

Ils sont gentils à croquer tous les deux ! Ce n'est pas le sentiment paternel qui les étouffera ceux-là! Tiens j'aperçois une foule sur la place, des gens qui entourent quelqu'un .. Mais oui, un matelot, c'est Paul, sans doute! Il m'a vu, je crois, il vient par ici !

PAUL.

Bonjour, monsieur Marasquin!

MARASQUIN.

Bonjour, mon petit Paul! (Ils s'embrassent.) Comme tu es bel homme !

PAUL.

Eh bien! avez-vous parlé à papa et maman de mon arrivée?

MARASQUIN.

Hélas, mon ami !...

PAUL.

Comment ils ne sont pas contents de mon retour ?

MARASQUIN.

Ah! non! loin de là, ils te font défendre expressément de venir à la maison !

PAUL.

Vraiment ? (Avec émotion.) Oh! moi qui étais si
heureux.

MARASQUIN.

Que veux-tu, mon pauvre Paul, j'aime mieux te
dire la vérité, afin que tu saches à quoi t'en tenir !

PAUL.

Je n'ai qu'une chose à faire, je vais essayer d'embrasser ma sœur, et ensuite je partirai pour toujours.

MARASQUIN.

Je crois qu'en te voyant tes parents se laisse-
ront attendrir, tu peux toujours essayer, s'ils te
repoussent tu le verras bien, au moins tu n'auras
rien à te reprocher,

PAUL.

Je vais suivre votre conseil... J'aperçois de la lumière chez eux!

MARASQUIN.

Va, Paul, va mon ami, du courage ! Tu viendras

me retrouver à la maison pour me dire comment cela s'est passé.

Il s'éloigne.

PAUL, il réfléchit un instant,

Bah! après tout !... Pourquoi pas? Allons, j'y vais, du courage !

Il sort.

5

ACTE II

La scène représente un intérieur de cuisine chez Forestier.

FORESTIER, à sa fille.

Mademoiselle vous devez avant tout vous soumettre à ma volonté, quelle qu'elle soit !

GERTRUDE.

Je ne demande pas mieux papa, mais quand il s'agit d'une chose pareille, j'ai le droit de me révolter !

FORESTIER.

Qu'est-ce que c'est ? des menaces !

GERTRUDE.

J'ai dit que je n'épouserai pas cet affreux Nicolas et je le répète, quand on devrait me torturer je ne l'épouserai pas !

FORESTIER.

Je vous dis que si !

GERTRUDE.

Je vous dis que non !

> I! court après elle, ils sortent.

PAUL.

C'est bien ça, rien n'est changé ! C'est ici que j'ai tant souffert et que j'ai versé tant de larmes. Mes parents sont dans la pièce voisine probablement.

J'entends mon père, il vient par ici sans doute,
cachons-nous.

Il sort.

FORESTIER.

A-t-on jamais vu un aplomb pareil? Non, mais
c'est qu'elle me tient tête ! aussi je viens de la cor-
riger d'importance, et j'espère qu'elle ne résistera
plus à ma volonté. Quelle journée! Et avec ça la
perspective de voir arriver mon scélérat de fils!

PAUL, dans son coin.

Oh !

FORESTIER.

Hein? Qui est-ce qui a dit : oh?

PAUL, se montrant.

C'est moi père!

FORESTIER.

Vous, misérable! Mais vous ne craignez donc
rien ? Il n'y a donc plus rien de sacré pour vous
pour que vous ayiez ainsi l'audace de venir braver
mon courroux?

PAUL.

Mais au contraire ! je viens m'incliner devant
vous !

FORESTIER.

Bah! ainsi après votre escapade, après avoir été
rouler l'aventure je ne sais où, fatigué d'une vie
désordonnée et vagabonde, vous croyez qu'il suffit
de vous dire : « tiens au fait ! je suis bien bon de me
tourmenter! j'ai là-bas au village ma place qui
m'attend, je vais en profiter ! »

PAUL.

Mais je vous assure père...

FORESTIER.

Assez, Monsieur, ne prolongez pas le supplice que votre présence me fait endurer !... Sortez !

PAUL.

Pas sans vous avoir embrassé !

FORESTIER.

M'embrasser ? jamais ! je vous abandonne la place, lorsqu'il vous aura plu de la quitter, je ferai donner de l'air à cette chambre afin d'y pouvoir rentrer.

Il sort.

PAUL, à part.

Jamais je ne pourrai le convaincre ! il me croira toujours le dernier des scélérats !

Mme FORESTIER, sans voir son fils.

Mon pauvre mari !... il devient fou de douleur !

PAUL.

Mère !... c'est moi !

Mme FORESTIER.

Vous, Monsieur ! Vous dans notre maison ? Comment, malgré notre défense, vous osez pénétrer ici ?

PAUL.

Mais je n'ai rien à me reprocher.

Mme FORESTIER.

Oh ! quel aplomb ! Je vais rejoindre votre père et j'espère qu'à notre retour vous aurez disparu de cette maison pour nous laisser terminer en paix nos vieux jours !

                                        Elle sort.

PAUL.

Mais je me demande vraiment ce qu'ils ont après moi, c'est terrible de voir une haine pareille !

GERTRUDE.

Mon Paul, mon pauvre frère. (Ils s'embrassent.) Ah ! tu arrives bien, va ! Je suis sûre que toi seul peut me sauver.

PAUL.

Si j'arrive, hélas ! ma pauvre Gertrude, c'est pour repartir immédiatement, car jamais on ne me reverra ici. Mes parents m'ont repoussé, j'allais m'en aller avec désespoir, tes baisers calment ma douleur et j'emporterai d'ici au moins un bon petit souvenir, qui apaisera mes peines.

GERTRUDE.

Je ne veux pas que tu partes ! ta présence ici est indispensable pour me sauver d'un grand danger !

PAUL.

Allons donc ?

GERTRUDE.

On veut absolument me faire épouser un monstre, un personnage ignoble, qui habite dans le pays depuis quelques temps seulement.

PAUL.

Eh, bien ! et Mathieu mon camar de d'enfance, que tu devais épouser ?

GERTRUDE.

Mon père n'en veut plus, sous prétexte qu'il est pauvre, tandis que ce monsieur Nicolas possède dix mille francs, sans compter ses vices qui sont incalculables.

PAUL.

Calme-toi, ma pauvre sœur, et ne crains rien je te sauverai, je t'en réponds ! j'ai tous les moyens nécessaires à ma disposition et ils sont infaillibles !

GERTRUDE.

Que comptes-tu faire ?

PAUL.

Ça c'est mon secret ! Va dire à Mathieu de venir me trouver de suite, le temps presse.

GERTRUDE.

J'y cours, mon Paul, merci!

Elle sort.

PAUL.

Une fois ce dernier devoir accompli je ferai mes adieux à tous mes amis, et si je reviens plus tard j'aurai la consolation de m'agenouiller sur la tombe de ceux qui m'ont tant méconnu, pour recevoir enfin un pardon que j'aurai bien mérité !

MATHIEU.

C'est toi, mon pauvre Paul !

Il pleure bêtement.

PAUL.

Allons mon ami, ce n'est pas le moment de pleurer. Moi qui m'attendais à voir tout le monde en fête ! En voilà un drôle d'enthousiasme !

MATHIEU.

Je suis si malheureux !

PAUL.

Ça ne durera pas, mon ami ! Nous disions que la seule difficulté qui s'oppose à ton mariage, c'est que ce monsieur Nicolas possède dix mille francs !

MATHIEU, en sanglotant.

Tandis que moi je n'ai que onze francs vingt-cinq!...

Il pleure toujours.

PAUL.

Voyons, écoute-moi donc ? Cet obstacle n'existe plus, grâce à quelques spéculations heureuses que j'ai pu faire dans les Indes, j'ai réalisé quelques économies, et si ton rival possède dix mille francs, je mets le double de cette somme à ta disposition pour que tu fasses le bonheur de ma bonne Gertrude.

MATHIEU, pleurant et criant de toutes ses forces.

Comment, toi, mon cher Paul ?

PAUL.

Oui, mais ne pleure pas comme ça !

MATHIEU, sanglotant,

Je ne pleure pas !

PAUL.

Allons, viens avec moi, je vais te donner ces vingt mille francs, et ensuite, tu me diras adieu, peut-être pour toujours!

Il s'éloigne, Mathieu pleure toujours !

FORESTIER.

Enfin le voilà parti ! ce n'est pas malheureux !... Ils sont tous au cabaret sur la place !

POMPONEAU.

Ah! quelle affaire ! Monsieur Forestier, je ne suis pas fâché de vous voir. Il faut que vous veniez, avec moi, tout de suite !

FORESTIER.

Moi, où ça? Qu'est-ce qu'il y a donc, Pomponeau?

POMPONEAU.

Il y a que votre futur gendre a encore fait des siennes.

FORESTIER.

Comment ça des siennes ? Qu'entendez-vous par ces paroles saugrenues et calomniatrices?

POMPONEAU.

J'entends...j'entends qu'il était temps que ça finisse, et que ce n'est pas malheureux, car il n'est pas permis de se mettre dans des états pareils!

FORESTIER.

Quels états ? Expliquez-vous, Pomponeau !

POMPONEAU.

Je veux dire que tout à l'heure monsieur Nicolas a encore été vu en état d'ivresse complet.

FORESTIER.

Mon gendre? mais je ne l'ai jamais vu comme ça !

POMPONEAU.

Eh! bien ! je vous assure que vous êtes le seul! Bref, se trouvant dans cette position, il a perdu son équilibre sans doute, et il est tombé dans la grande mare aux grenouilles. C'est à la façon particulière dont les canards faisaient : coin ! coin ! coin ! que l'on s'est aperçu de la chose, et le médecin a déclaré que depuis trois heures environ il faisait la stupéfaction des grenouilles, qui ouvraient des yeux comme ça....

FORESTIER.

Oh ! c'est curieux! Je croyais que c'était par méchanceté ou par jalousie que tout le monde me répétait ça !

POMPONEAU.

Enfin, venez avec moi, nous allons l'apporter ici !

FORESTIER.

Jamais de la vie, je n'en veux pas!

POMPONEAU.

Qu'est-ce que vous voulez que j'en fasse ? Personne ne le connaît ici, et vous alliez bientôt être son parent !

FORESTIER.

Du tout, du tout! faites-en ce que vous voudrez,

5.

je vous en fais cadeau. C'est un malheur qui vaut trente-six bonheurs, ça, mon ami !

POMPONEAU.

Enfin, je vais dire ça au maire.

Il sort.

FORESTIER.

C'est vrai ! sans m'en douter j'allais faire le mal-heur de ma fille. C'est malheureux tout de même ! un homme qui allait me donner dix mille francs !... Il faut absolument que j'en trouve un au même tarif !.,.

MATHIEU, riant bêtement.

Bonsoir, monsieur Forestier ! Oh ! je suis joliment content, allez !...

FORESTIER.

Mon ami, il ne faut jamais se réjouir du malheur des autres !

MATHIEU.

Si je me réjouis de quelque chose, ce n'est pas du malheur des autres, c'est de mon bonheur par-ticulier, à moi. Car enfin, père Forestier, rien ne s'oppose maintenant à ce que j'épousasse votre fille, puisque son ancien futur prétendu a réglé son compte avec l'existence humaine !

FORESTIEP.

Peut-être, monsieur Mathieu, peut-être ! En réflé-chissant bien, je crois qu'il est sage, étant donnée ma position, de chercher pour ma fille un parti avantageux sous le rapport de la finance. (Mathieu rit de plus en plus bêtement.) Mon ami, je ne voudrais pas que vous preniez ce que je vais vous dire pour un compliment, mais c'est curieux comme vous avez l'air bête quand vous riez comme ça. Peut-on savoir quelle est la cause de cette hilarité ?

MATHIEU.

Parfaitement ! c'est qu'au lieu de chercher bien loin ce que vous voulez trouver, vous n'avez qu'à regarder tout près pour l'avoir.

FORESTIER.

Qu'est-ce que vous me chantez là ?

MATHIEU.

Je veux dire que moi ! avec mon air simple et naïf, j'apporte vingt mille francs en mariage à Gertrude.

FORESTIER.

Toi ? allons donc !

MATHIEU.

Y a pas d'allons donc ! vingt mille francs en espèces sonnantes !

FORESTIER.

Mais où aurais-tu déniché ça, mon garçon ?

MATHIEU.

Ah ! ça c'est un secret ! je ne peux pas le dire.

FORESTIER.

Une somme pareille dont tu ne peux pas avouer la provenance, c'est qu'elle n'est pas claire !

MATHIEU.

Je vous demande pardon ! elle est claire comme

de l'eau de Saint-Galmier, seulement j'ai promis de garder le secret !

FORESTIER.

Ça m'est égal, garde ton secret, moi je garde ma fille !

MATHIEU.

Ah! non, ne faites pas ça ! Après tout j'ai promis simplement, je n'ai pas juré et je ne vois pas pourquoi je ne vous dirais pas la vérité. Eh! bien! ces vingt mille francs m'ont été donnés par votre fils Paul, pour que je puisse épouser sa sœur et que je la rende heureuse!

FORESTIER.

Comment! mon fils avait une somme si considérable ?

MATHIEU.

Il a même encore plus que ça! Comme il est dans la marine marchande, il paraît qu'il fait des petites spéculations aux Indes, qui lui rapportent beaucoup.

FORESTIER.

Comment! mon fils s'occupe si sérieusement que ça?

MATHIEU.

Oh! il est bien gentil! il a eu joliment du chagrin d'être repoussé comme ça par vous !

FORESTIER.

Mais je ne savais pas qu'il était si honnête et si intelligent!

MATHIEU.

Vous ne lui avez pas donné le temps de parler !

FORESTIER.

C'est vrai, mais est-il que je l'embrasse?

MATHIEU.

Ah ! il est loin ! il est parti, pour ne jamais revenir, a-t-il dit !

FORESTIER.

Parti ?... comme ça !... pour toujours ?... non ?... c'est impossible!... il faut que je le voie!... où est-il ?

Il sanglote.

MATHIEU.

Il est parti au Hâvre pour s'embarquer !

Sanglotant également.

FORESTIER.

Au Hâvre ! Vite! Mathieu ! allons-y ! pourvu que nous arrivions à temps !

Ils se sauvent en sanglotant d'une façon exagérée.

ACTE III

La scène représente le bord de la mer. Au lever du rideau
deux hommes portent une jeune fille évanouie ; ils traversent
ainsi la scène et disparaissent.

FORESTIER.

Pauvre garçon !... en voilà un que j'ai toujours méconnu ! enfin !.... son navire n'est pas encore parti,
c'est le principal, je vais lui exprimer tous mes
regrets ; car je suis forcé de le reconnaître, j'ai
toujours été dûr pour mes enfants, pour celui-là
surtout !

MARASQUIN.

J'ai des renseignements, père Forestier ; son
navire ne part que dans huit jours, j'ai interrogé
quelques matelots. Ils m'ont dit qu'il devait être
en ville, et que d'un instant à l'autre on pourrait
le voir sur le port.

FORESTIER.

Tâchez de me le trouver, monsieur Marasquin ?

MARASQUIN.

J'y retourne, soyez tranquille, à tout à l'heure !

Il s'éloigne.

FORESTIER.

Il va être bien surpris en me voyant !

UN PASSANT.

Ah!... Ah!... Ah!...

FORESTIER.

Qu'est-ce qu'il a donc celui-là ?

LE PASSANT.

Ah!... Ah!... Ah!...

FORESTIER.

Ben! Quoi donc! qu'est-ce que vous avez ?

LE PASSANT.

Ah! Monsieur ! Quelle émotion! Quelle frayeur !

FORESTIER.

Mais qu'est-ce qu'il y a ?

LE PASSANT.

Vous n'avez donc pas vu?

FORESTIER.

Je n'ai rien vu du tout, racontez-moi donc ça !

LE PASSANT.

Figurez-vous que... (Il s'en va en répétant.) Ah! Ah!

FORESTIER, l'imitant.

Ah! Ah! Ah! Il est malade celui-là ! ce n'est pas possible autrement ! Avec tout ça, je ne vois toujours pas mon Paul.

LE 2ᵐᵉ PASSANT.

Oh! Oh! Oh!... Oh !

FORESTIER.

Allons bon ! voilà que ça recommence

LE 2me PASSANT.

Ah! que c'est grand! que c'est sublime!

FORESTIER.

N'est-ce pas? c'est magnifique!

LE 2me PASSANT.

C'est beau, n'est-ce pas, Monsieur?

FORESTIER.

C'est superbe! je suis de votre avis... Qu'est-ce qu'il y a donc?

LE 2me PASSANT.

Comment vous ne savez pas?

FORESTIER.

J'ignore complétement.....

LE 2me PASSANT, répète en s'en allant.

Oh!... Oh!.. Oh!...

FORESTIER, l'imitant.

Oh! Oh! Oh! Décidément ils sont fous avec leurs exclamations! Cependant j'aperçois, là-bas une foule de gens qui paraissent très affairés! Un accident sans doute, je ne peux pas aller voir ça, j'ai donné rendez-vous à Marasquin ici!

LE 3me PASSANT.

Ah! pour un acte de courage, voilà un acte de courage!

FORESTIER.

Enfin, je vais peut-être savoir!

LE 3ᵐᵉ PASSANT.

Vous avez vu, Monsieur? Croyez-vous, une minute
plus tard il n'était plus temps!

FORESTIER.

Permettez!...

LE 3ᵐᵉ PASSANT.

Des choses comme ça, voyez-vous, on s'en souvient toute sa vie!

FORESTIER.

Dites-moi donc?

LE 3ᵐᵉ PASSANT.

Je suis sûr que je n'en dormirai pas de la nuit!

FORESTIER.

Expliquez-moi donc?....

LE 3ᵐᵉ PASSANT.

Je n'ai pas le temps, Monsieur, il faut que je télé-
graphie ça au Figaro.

Il se sauve.

FORESTIER.

Décidément je ne parviendrai jamais à savoir ce
qui s'est passé.

LORD TOGRAF.

Aho! Aho!

FORESTIER.

Allons bon! en voilà encore un!

LORD TOGRAF.

Aho! Aho! Je étais toute prête de me trouver
indis... indis...

FORESTIER.

Posé !

LORD TOGRAF.

Posé, yes, merci ! C'était une cata... une cata... une cata...

FORESTIER.

Plasme ?

LORD TOGRAF.

No ! pas plasme ! Une cata !....

FORESTIER.

Une cata... quoi ?

LORD TOGRAF.

No ! pas quoi ! Une cata... strophe, yes, strophe, strophe, merci !

FORESTIER.

Il n'y a pas de quoi.

LORD TOGRAF.

Jémais mon pauvle cœur, il avait tant pal... pal...

FORESTIER.

Pité ?

LORD TOGRAF.

Pité, yes. Oh ! Merci vos éliez bien aimable vos éviez une bonne tête sur les épaules.

FORESTIER.

Je ne suis pas le seul ! Dites-moi, Monsieur, qu'est-ce qu'il y a donc ?

LORD TOGRAF.

Aho! je vais vos dire. Mon pauvle fille il évait
manqué de se baigner mortellement. Il s'était trop
évancé dans le mer, y voyait pas une grande béteau
qui évançait sour loui évec bôcoup de fioumée et
mon pauvre fille, il était entortillonnée dans le roue
de le mécainique à vépeur. Sans le... courège d'une
bonne pétite matelot, il éllait périr noyée mort sous
les yeux de son père!

FORESTIER.

Pauvre Monsieur! c'était votre fille?

LORD TOGRAF.

Yes à moa, et à mon femme qui était restée à
Liverpool pour écheter une béteau de fromège de
gruyère.

FORESTIER.

Ah! quelle émotion vous avez dû éprouver?

LORD TOGRAF.

Terrible, Monsieur, terrible, yes!

FORESTIER.

Et vous avez pu savoir le nom de ce petit matelot?

LORD TOGRAF.

Le nom, si, oui, yes, c'est un nommé éttendez donc..
Paul... Paul Forestier.

FORESTIER.

Ah! aïe! aïe! aïe!

Il tombe à la renverse.

LORD TOGRAF.

Eh! bien, Môssieur, qu'est-ce que vous faisez ?

Il souffle dessus et lui tape sur la figure.

FORESTIER, revenant à lui.

Permettez, vous avez dit, son nom ?

LORD TOGRAF.

Paul Forestier!

FORESTIER.

J'avais bien entendu.

En tombant lourdement il donne un grand coup de tête à l'Anglais qui tombe avec lui.

LORD TOGRAF

Aho ! Encore ?

FORESTIER.

Vous avez dit : Paul Forestier! Mais, Monsieur, c'est mon fils!

LORD TOGRAF.

C'est votre fils? Mais élors vos sériez donc son père?

FORESTIER.

Mais certainement ! mon brave Monsieur Tograf !

LORD TOGRAF.

Oh! dans mes bras le brave papa de votre fils ! (Ils s'embrassent). Dites moa, brave papa? Jé souis riche, très riche et je étais heureux de pouvoir faire le bonheur de votre pétit gaérçonne. Jé souis ermateur et je vôlais associer avec moâ votre fils, qui m'a-t-on dit est très intelligent, bôcoup capable.

FORESTIER.

Oh! Monsieur Tograf, vous êtes vraiment trop bon!

LORD TOGRAF.

Nô!

FORESTIER.

Si, si!

LORD TOGRAF.

Nô, je vos disais nô, c'est que c'était nô!

FORESTIER.

Moi ça m'est égal, je ne veux pas vous contrarier pour si peu!

LORD TOGRAF.

Jé vos quitte! A tout à l'heure jé vos attends pour déjeûner avec votre garçonne, à mon hôtel, là-bas, où que vous voyez : hôtel de l'Escargot sympathique.

FORESTIER.

C'est entendu, monsieur Tograf! A tout à l'heure! (L'anglais s'éloigne en saluant majestueusement.) Ainsi voyez donc, ce pauvre Paul, j'arrive ici pour assister à son triomphe. Ah! le voilà, je l'aperçois!

PAUL.

Tiens! vous ici mon brave père! par quel hasard?

FORESTIER, les sanglots l'empêchent de parler.

Mon Paul! je te demande pardon!

PAUL.

Allons, voyons, père, remettez-vous! voyons!

FORESTIER.

Ah! mon ami, comme j'ai été injuste envers toi!
combien je regrette de t'avoir ainsi méconnu!

PAUL.

Ne parlons plus de ça, je vous en prie !

FORESTIER.

Et j'arrive ici justement comme par un fait exprès, pour assister à une de tes actions d'éclat!...

PAUL.

Oh ! ça ne vaut pas la peine d'en parler !

FORESTIER.

Mais au contraire j'en suis fier pour toi! J'ai vu
le père de cette jeune fille, que tu as sauvée, il veut
te faire une position en t'associant avec lui, et qui
sait, peut-être fera-t-il de toi son gendre. Allons!
mon cher ami, viens déjeûner, il ne faut pas faire
attendre ce monsieur. Ensuite nous irons ensemble au village, tu viendras embrasser ta mère et
assister au mariage de Gertrude !

                              Ils s'embrassent.

LES ÉPOUX DE MADAME BRISEMICHE

COMÉDIE EN UN ACTE.

PERSONNAGES

MM. GROSMATHOU.
   BAPTISTE, domestique.
   DURAND, 1ᵉʳ époux.
   BERLURON, concierge.
   MALODANT, propriétaire.
   LE COMMISSAIRE.
   UN NOTAIRE.
 Mᵐᵉ DÉSIRÉE BRISEMICHE.

LES ÉPOUX DE MADAME BRISEMICHE

La scène représente un salon.

BAPTISTE.

Quelle idée, je vous demande un peu! Croyez-vous franchement, que Monsieur n'a pas perdu la tête!... Se marier à soixante-trois ans ! Pourquoi faire? Comme s'il n'était pas plus heureux étant célibataire et moi aussi. C'est vrai, je faisais ce que je voulais ici, j'étais plus que le maître... Monsieur n'était jamais là... j'étais toujours seul... je me donnais des ordres auxquels je me soumettais sans murmurer... je m'accordais des congés... j'étais rarement là dans la semaine, et je sortais toujours le dimanche! Maintenant, tout ça est bouleversé! Il y a ici une seule personne de plus, et c'est tout un monde. Elle crie, elle déplace, elle brise, elle casse. Oh! non, je ne resterai pas longtemps ici, ça me fait de la peine, parce que j'aime bien Monsieur, mais je ne veux pas altérer ma petite santé avec les trop grandes émotions que je prévois, et je préfère me retirer!

GROSMATHOU.

Allons voyons, Baptiste, c'est mal ce que vous voulez faire là.

BAPTISTE.

Mais, Monsieur !...

GROSMATHOU.

Très mal ! Comment depuis dix ans que je suis habitué à vos soins, vous voulez tout à coup m'en priver. C'est de l'ingratitude ça, mon ami !

BAPTISTE, pleurant.

Ah ! si Monsieur me prend par les sentiments je suis capable de tout. Rassurez-vous, Monsieur, je ferai un nouveau sacrifice, je resterai pour n'avoir rien à me reprocher.

GROSMATHOU.

Allons c'est bon, Baptiste, allez, mon ami !

BAPTISTE.

Je vas, Monsieur, je vas !

Il sort en sanglotant.

GROSMATHOU.

Ah ! certes, voilà qui peut s'appeler une grave erreur ! Faut-il que je sois bête tout de même, moi qui étais si heureux, vieux célibataire, rentier, sans soucis, sans tracas. Il a fallu que je me laisse entortiller par des amis, qui, sous prétexte de faire mon bonheur, viennent de m'enchaîner pour le restant de mes jours avec une personne criarde, laide, désagréable. Ah ! si c'était à refaire ! Mais hélas, je ne prévois pas de remède, mon mal est

incurable ! (On entend sonner.) Si cependant, en cherchant bien je pouvais trouver quelque chose...

BAPTISTE.

C'est un Monsieur qui demande à parler à Monsieur !

GROSMATHOU.

Bon, faites entrer ! (Baptiste sort.) Une visite à cette
heure, qu'est-ce que ça peut bien être ?

DURAND.

Monsieur !

GROSMATHOU.

Monsieur !

DURAND.

Je vous demande pardon, Monsieur, de vous déranger, mais, le sujet qui m'amène est excessivement délicat, et ne peut souffrir aucun retard. Il est
bon de vous dire à qui vous avez affaire. Aristide
Durand, ancien fabricant de bottes à chaufferettes
pour la cavalerie ! La nouvelle que je vous apporte,
Monsieur, va sans doute vous causer une surprise
telle, que peut-être éprouverez-vous le besoin de
vous soutenir. Donc, tenez-vous bien, je commence !

GROSMATHOU, à part.

Quel drôle de bonhomme ! (Haut.) Parlez, Monsieur,
je vous en prie, vous m'intriguez !

DURAND.

Vous vous êtes marié il y a trois jours, n'est-ce
pas ?

GROSMATHOU.

Parfaitement, oui, Monsieur !

DURAND.

Avec une dame...

GROSMATHOU.

Naturellement !

DURAND.

Laissez-moi donc achever !... Avec une dame nommée Désirée Brisemiche.

GROSMATHOU.

Désirée Brisemiche, oui, Monsieur !

DURAND.

Je dois donc vous apprendre que je suis également le mari de cette dame !

GROSMATHOU.

Vous ? Je ne comprends pas !

DURAND.

Je m'explique ! Il y a 22 ans, j'ai épousé cette personne ; peu de temps après je suis parti pour le Sénégal ; pendant que je faisais la traversée, une tempête épouvantable a détruit notre navire et pendant vingt ans nous sommes restés, six voyageurs et moi, dans une île déserte, où nous avons vécu de fruits, de racines, de poissons et de canards sauvages. Or, en arrivant à Paris il y a deux mois, mon premier soin a été de rechercher ma femme, et j'apprends que vous l'avez épousée il y a trois jours !

GROSMATHOU.

C'est sans le faire exprès, je vous l'assure !

DURAND.

Où est-elle cette chère Désirée ?

GROSMATHOU.

Ah ! vous allez l'entendre, ça ne vas pas être long.

DURAND.

Elle est un peu criarde, n'est-ce pas ?

GROSMATHOU.

Un peu est joli ! C'est-à-dire que ma maison est un enfer, depuis que cette femme est ici, je suis un martyr, elle me casse tout !

DURAND.

Comme de mon temps !

GROSMATHOU.

Elle me brise mes meubles, mes bibelots, elle envoie promener tous les amis qui viennent me voir.

DURAND.

Ah ! c'est bien elle ! je la reconnais ! Ainsi, depuis le temps elle n'a pas changé. Ah ! cher Monsieur, croyez bien que je vous plains de tout mon cœur.

GROSMATHOU.

Vous me plaignez ? Vous êtes bien bon ! Au moment de votre arrivée, j'étais justement en train de chercher un moyen pour rompre avec cette bruyante compagne, et ma foi, puisque vous voilà, les choses vont s'arranger comme par enchantement.

6.

DURAND.

Si je puis vous être utile à quelque chose, dis-
posez de moi, cher confrère !

GROSMATHOU.

Si vous pouvez! Je crois bien que vous pouvez !
Vous allez me faire le plaisir d'emporter votre
femme, et tout de suite !

DURAND.

Ma femme! Permettez, je n'en veux plus ! Je ne
voudrais pas vous en priver. Je croyais que son
caractère s'était adouci !

GROSMATHOU.

Oh ! pardon ! je cherchais un cas de divorce, en
voilà un, je ne le lâche pas! (Durand fait des efforts pour
s'échapper, Grosmathou le retient et le pousse dans la pièce
voisine.) Entrez-là, je vais envoyer chercher les autorités. (Appelant.) Baptiste ! allez me chercher le
commissaire de police et un gendarme. (Au public.)
Ça c'est une chance par exemple, trouver ainsi un
cas de divorce quand on en a tant besoin !

LE CONCIERGE.

Pardon, monsieur Grosmathou, je suis envoyé
par monsieur le Propriétaire, pour m'informer de
la cause de ce tapage, il m'a chargé de vous exprimer son mécontentement pour le trouble que vous
causez dans la maison depuis que vous êtes marié.

GROSMATHOU.

C'est vrai, monsieur le Concierge, le propriétaire
a raison, mais rassurez-le, cet état de chose va
cesser complétement. Je viens de trouver une excellente occasion pour rompre mon mariage. C'est

une erreur que j'ai commise, je vais pouvoir la réparer.

LE CONCIERGE.

Le fait est que cette dame fait un tapage!... elle me rappelle ma pauvre femme que je pleure depuis dix-huit ans, elle a disparu dans un accident de chemin de fer en allant voir sa tante à Courbevoie.

GROSMATHOU.

Bah!

LE CONCIERGE.

Hélas, Monsieur! Ah! quelle femme énergique, un vrai dragon!

GROSMATHOU.

C'est le même système, en effet! J'ai là dans la pièce à côté un Monsieur qui est déjà l'époux de ma femme!

LE CONCIERGE.

Comment l'époux de votre femme?

GROSMATHOU.

Il est venu me révéler qu'il a épousé il y a vingt deux ans madame Désirée Brisemiche.

LE CONCIERGE.

Désirée Brise... Ah! (Il tombe à la renverse puis se soulève péniblement.) Vous avez dit Désirée Brisemiche?

GROSMATHOU.

Ah! ça, qu'est-ce qui vous prend, monsieur Berluron?

LE CONCIERGE.

Mais, c'est ma femme !

GROSMATHOU.

Comment, à vous aussi ?

LE CONCIERGE.

Mais certainement, il me semblait bien aussi reconnaître le timbre désagréable de son organe. Elle a fait des progrès, Monsieur, elle est encore bien plus mauvaise. Enfin comptez sur ma discrétion, soyez persuadé que je ne dirai rien de ceci à personne.

GROSMATHOU.

Vous croyez ça, vous? c'est-à-dire que je veux que vous le disiez à tout le monde! Vous allez me faire le plaisir d'attendre le commissaire de police qui vous forcera probablement à reprendre votre femme.

LE CONCIERGE.

Jamais de la vie ! j'en ai une autre. (Il veut s'en aller, Grosmathou le retient.) Laissez-moi m'en aller !

GROSMATHOU.

Pas du tout, entrez là, dans la chambre aux pièces à conviction. (Il le pousse dans la pièce voisine.) Abondance de biens ne nuit pas, je cherchais un cas de divorce en voilà une paire, je suis sûr d'être sauvé. Et ce commissaire qui ne vient pas !

LE PROPRIÉTAIRE.

Ah! ça, Monsieur, que faites-vous de mon concierge ? Je l'envoie chez vous pour faire cesser ce tapage, et je l'entends crier comme un député. Qu'est-ce que ça signifie ?

GROSMATHOU.

C'est bien simple, monsieur Malodant, vous allez comprendre la chose. Je suis obligé de garder votre concierge comme pièce à conviction.

LE PROPRIÉTAIRE.

Cette pièce là n'est pas dans votre bail ! Comment ? Vous gardez mon concierge ?

GROSMATHOU.

Oui, Monsieur, en attendant le commissaire qui le forcera, j'en suis convaincu, à reprendre ma femme.

LE PROPRIÉTAIRE.

Comment votre femme ?

GROSMATHOU.

Je veux dire sa femme, ou si vous aimez mieux notre femme !

LE PROPRIÉTAIRE, à part.

Il est fou, ce pauvre homme !

GROSMATHOU.

Non, monsieur le Propriétaire, rassurez-vous, je comprends votre pensée, si je suis fou, c'est de joie, de bonheur, de plaisir, c'est que je vais enfin recouvrer ma liberté, en répudiant cette misérable qui s'est si bien moquée de moi, cette Désirée Brisemiche !

LE PROPRIÉTAIRE.

Aïe ! Aïe ! Aïe ! Vous avez dit Désirée Brisemiche !

Il tombe.

GROSMATHOU.

Vous la connaissez ?

LE PROPRIÉTAIRE.

Si je la connais !... mais c'est ma première femme, je l'ai épousée en 1855 !

GROSMATHOU.

.Alors vous êtes le plus vieux en date, elle vous reviendra de droit. (Lui montrant la pièce voisine.) Prenez donc la peine d'entrer.

LE PROPRIÉTAIRE.

Jamais, je me suis marié quatre fois depuis. Je vais vous raconter la chose !

GROSMATHOU.

Mais non, ça m'est bien égal, vous raconterez ça au commissaire. Allons entrez donc ! (Il le bouscule en lui disant :) Je vous en prie, sans cérémonie, entrez donc ! (Il le pousse tout à fait et revient.) C'est plus qu'il ne m'en fallait ! Trois pièces justificatives ! Avec ça je suis sûr de mon affaire. (On sonne.) Ah ! ça doit être le commissaire !

LE COMMISSAIRE.

Vous m'avez fait appeler, Monsieur ?

GROSMATHOU.

Oui, monsieur le Commissaire, pour vous signaler un fait étrange, une chose qui vous paraîtra inimaginable, et qui cependant s'est produite réellement puisque vous allez avoir à la constater. Voici, Monsieur, la chose : Il y a là, enfermés dans la pièce voisine, trois hommes, ces trois hommes joints à moi font quatre hommes.

LE COMMISSAIRE.

Un homme de plus, ça ferait probablement cinq hommes !

GROSMATHOU.

Ne m'interrompez pas, monsieur le Commissaire,
et préparez-vous aux plus pénibles émotions ! Ces
quatre pièces, qui vont servir dans l'étonnant procès, qui bientôt remplira les colonnes de la presse
européenne, sont comme moi, les époux de ma
femme !

LE COMMISSAIRE, à part.

Allons bon ! en voilà encore un en rupture de
cabanon !...

GROSMATHOU.

Vous aurez donc, je vous prie, à verbaliser : 1º sur
les susdits ; et 2º sur mon épouse, madame Grosmathou, née Désirée Brisemiche !

LE COMMISSAIRE.

Hein ! (Tombant à la renverse.) Vous avez dit Désirée
Brisemiche ?

GROSMATHOU.

Parfaitement ! Tiens ! est-ce que vous seriez aussi
de la petite fête ?

LE COMMISSAIRE.

Malheureux ! Mais certainement ! Quand je suis
revenu après la guerre je n'ai jamais pu la retrouver. Ainsi elle est là ?

GROSMATHOU.

Certainement ! si vous la voulez ?

LE COMMISSAIRE.

Jamais ! Bonsoir ! Je ne voudrais pas vous en
priver !

GROSMATHOU.

Oh! mais pardon, vous ne partirez pas!

Ils se bousculent.

LE COMMISSAIRE.

Voulez-vous me laisser!

GROSMATHOU.

Du tout! Monsieur le Commissaire au nom de la loi je vous arrête! (*Il le pousse dans la pièce voisine.*) Jusqu'aux autorités qui s'en mêlent! Ah! ça, ma femme a donc épousé tout l'univers? (*Appelant.*) Baptiste! allez me chercher le go ivernement!

Il sort.

Mme GROSMATHOU.

Je me demande ce qu'a mon mari! Je l'entends crier depuis un instant, il paraît furieux. C'est un si brave homme, ordinairement si calme! Tiens j'entends du bruit! Il y a quelqu'un de caché dans la pièce voisine?

Elle se cache.

DURAND.

Ah! enfin, j'ai pu m'échapper! je vais tâcher maintenant de gagner la porte de sortie!

Mme GROSMATHOU, montrant sa tête et disparaissant aussitôt.

Ah! Aristide!

DURAND.

Tiens! qui est-ce qui m'appelle? Il m'a semblé entendre la voix de ma femme. (*Mme Grosmathou paraît avec un bâton et frappe sur Durand qui tombe évanoui.*) Aïe! Aïe! Aïe! Au secours!

Mᵐᵉ GROSMATHOU.

Tiens, ce misérable ! Il venait au moins faire des révélations à mon mari. Heureusement que je suis arrivée à temps. Il voula't sans doute lui apprendre qu'il m'a épousée au Chili il y a vingt-deux ans ! J'entends encore du bruit !

Elle se cache.

LE PORTIER.

Je m'ennuyais moi là-dedans ! j'ai trouvé une petite porte, je me suis offert une sortie. Les autres se regardent, on dirait qu'ils vont se dévorer ! En voilà une affaire !

Mᵐᵉ GROSMATHOU.

C'est Frédéric !

Même scène qu'avec Durand.

LE PORTIER.

Ben ! dites-donc ! Eh ! là-bas, qu'est-ce que vous faites ?

Il tombe sur Durand et reste évanoui à côté de lui sur la tablette.

Mᵐᵉ GROSMATHOU.

Comment lui aussi ! Oh ! c'est trop fort ! Oh ! voilà Athanase !

Elle se cache.

LE PROPRIÉTAIRE.

C'est une infamie ! je porterai pla'nte ! M'enfermer ainsi, moi, Athanase Malaudant !... Aïe ! Qu'est-ce que c'est que ça ?

Madame répète la même scène. Il tombe à côté des deux autres.

7

Mme GROSMATHOU.

Oh ! j'entends la voix d'Hippolyte! Ah ! ça, c'est
donc l'assemblée générale de mes anciens maris ?
J'en ai épousé onze dans différentes contrées de
l'Europe et jamais je n'en ai trouvé un de ma con-
venance. Il n'y a que le dernier, que j'ai épousé en
France, monsieur Grosmathou, il paraît pouvoir me
plaire, c'est pourquoi je ne voudrais pas qu'il soit
tourmenté. Aussi je suis décidée à tout.

                                        Elle se cache.

LE COMMISSAIRE.

Où est-il ce Monsieur, qui a eu l'audace de m'enfermer, moi ? Oh ! là ! là !
           Même scène, il tombe à la suite des autres.

Mme GROSMATHOU.

Que faire hélas ? Ils ne sont qu'évanouis, ils peuvent revenir à eux d'un instant à l'autre. Je veux
partir d'ici avant que mon mari ne s'aperçoive de
cette affaire. Voyons comment m'y prendre ? Ah !
je vais les porter dans la vieille remise qui est au
fond du jardin, et je reviendrai aussitôt pour per-
suader à monsieur Grosmathou que j'ai besoin de
changer immédiatement d'air. C'est ça, allons, un
peu de courage !
**Elle les prend tous les quatre dans ses bras et les emporte en
courant.**

GROSMATHOU.

Je viens d'envoyer une dépêche au gouvernement !
En attendant je ne lâche pas mes confrères ! Quant
à cette misérable femme, je vais chercher un
supplice pour la punir ! (On sonne.) Allons bon !
qu'est-ce que c'est que ça encore ? Serait-ce déjà le

gouvernement? (Il va à la porte. Un monsieur se présente.) Vous désirez, Monsieur?

LE NOTAIRE.

C'est bien à monsieur Grosmathou que j'ai l'honneur de parler?

GROSMATHOU, à part.

Allons bon, je parie qu'en voilà encore un! (Haut.)
En personne, oui, Monsieur, que me voulez-vous je
vous prie?

LE NOTAIRE.

Il s'agit, Monsieur, d'une affaire très importante,
qui va vous causer une grande émotion!

GROSMATHOU, à part.

C'est bien ça, c'est la suite! (Haut.) Allez-y, Monsieur, il s'agit de ma femme, n'est-ce pas?

LE NOTAIRE.

Tiens, oui! Cependant vous ne pouvez savoir...

GROSMATHOU.

Que vous êtes également son mari?... Mais si!...

LE NOTAIRE

Comment son mari? Qu'est-ce que vous dites?

GROSMATHOU.

Ah! pardon, je croyais! Mais alors que venez-vous
m'apprendre?

LE NOTAIRE.

Je viens vous apprendre que madame Désirée Brisemiche, votre épouse, vient de perdre son oncle,
monsieur Isidore Laphlanel, décédé à Chicago, et

que le défunt a fait en sa faveur un testament que
j'ai entre les mains, par lequel il lui laisse toute sa
fortune quatre cent treize millions!

GROSMATHOU.

Bah!

LE NOTAIRE.

Je vous prie de passer de suite à mon étude 154,
place de la Concorde, où je vous remettrai la
dite somme.

GROSMATHOU.

Soyez persuadé, monsieur le Notaire, que je ne me
ferai pas longtemps attendre! (Il reconduit le notaire
avec force salutations. Seul.) Pourvu que mes confrères
n'aient pas entendu. Je vais faire tout mon possible pour décider notre femme à quitter Paris aujourd'hui même, et à venir passer, ou plutôt, terminer notre existence en Californie où à Brives-la-
Gaillarde.

Mme GROSMATHOU.

Dites-moi, cher ami?

GROSMATOU.

Quoi donc, chère épouse?

Mme GROSMATHOU.

Ne trouvez-vous pas que l'air de Paris est
asphyxiant pour deux nouveaux époux?

GROSMATHOU.

C'est justement la réflexion que je me faisais lorsque vous êtes entrée.

Mme GROSMATHOU.

Il me semble que si nous faisions un petit
voyage... jusqu'à Clichy-la-Garenne?

GROSMATHOU.

Ou Ville d'Avray?

Mme GROSMATHOU.

Plus loin peut-être, si nous allions jusqu'à Castel-naudary.

GROSMATHOU.

Ne préféreriez-vous pas l'Amérique du Sud?

Mme GROSMATHOU.

Oh! si, je n'osais vous le proposer! Ah! voir l'A-mérique du Sud, voilà mon rêve, mais tout de suite alors!

GROSMATHOU.

Immédiatement si vous voulez! Allez apprêter vos malles.

Mme GROSMATHOU.

Dans cinq minutes je suis à vous.

Elle sort.

GROSMATHOU.

Si ma femme a épousé une partie de l'Europe, il n'en sera peut-être pas de même là-bas, au moins je pourrai jouir de cette immense fortune. Dans tous les cas, pour être sûr qu'elle ne s'échappe pas, je lui mettrai un fil à la patte.

UN CAPRICE DU ROI

COMÉDIE EN 4 ACTES.

PERSONNAGES

MM. LOUIS XIV.
NARCISSE.
LE COMTE DE LAROCHEPHÉLÉE.
LE MARQUIS DE RATIBOISÉ.
LE PÈRE PAMPELUNE.
UN DOMESTIQUE.
MOUTONNET, garde champêtre.
FILOCHARD.
Mmes LA PRINCESSE DE TRÉBIZONDE.
ARTHÉMISE.

Paysans, domestiques.

UN CAPRICE DU ROI

ACTE PREMIER

La scène représente une place de village.

PAMPELUNE.

Mon fils n'est vraiment pas raisonnable. Voilà un
garçon qui pourrait trouver un parti superbe, et il
n'en manque pas dans le pays. Eh! bien non, il
persiste à vouloir épouser sa cousine Arthémise!
Je sais que c'est une bonne fille, honnête, labo-
rieuse, rangée, mais c'est tout, ça n'a pas le sou!
C'est bien la peine d'être le fils du premier habitant
de Croutopo-les-babas.

> Il s'éloigne.

NARCISSE.

Je crois tout de même que papa a raison! Je ne
suis pas fait pour épouser une simple petite paysanne Ce qu'il me faut à moi, c'est... je ne sais pas
au juste; mais il me semble lire dans ma destinée,
que j'aurai un jour une position supérieure à celles
de tous ces paysans qui me cassent la tête, et que
j'ai honte de fréquenter. Je sais bien qu'Arthémise
est une bonne fille, mais ça ne suffit pas. Un garçon

7.

comme moi, doué d'une intelligence supérieure, ne doit songer qu'à épouser une grande dame, et je vais m'en occuper tout de suite.

ARTHÉMISE.

Dites donc, Narcisse ! Je ne suis pas fâchée de vous rencontrer, mon cousin, pour vous dire que votre conduite est vraiment étrange, car vous manquez à toutes les convenances envers moi.

NARCISSE.

Vous trouvez Arthémise ?

ARTHÉMISE.

Oui, Monsieur ! Tout le monde sait dans le village que je dois vous épouser, et chaque fois que vous m'apercevez vous vous cachez, on dirait que vous avez honte de me parler.

NARCISSE.

Moi, Arthémise, non! Je sais bien que la distance qui nous sépare est énorme.

ARTHÉMISE.

Bah ! voyez-vous ça ! Il ne s'agit que de celle d'une simple paysanne à un vulgaire campagnard.

NARCISSE.

Vous ne savez pas m'apprécier, Arthémise !

ARTHÉMISE.

Oh ! que si, je sais parfaitement ce que vous êtes, un vaniteux, un orgueilleux et un sot, et que cette gloriole pourrait bien vous jouer un mauvais tour, c'est moi qui vous le prédis.

NARCISSE.

Allons donc, tenez vous me faites rire !

ARTHÉMISE.

En attendant, je veux savoir le jour au juste où vous m'épouserez, et dans une heure il faut que je sois fixée, tâchez de réfléchir d'ici-là, je viendrai moi-même prendre la réponse.

Elle s'éloigne.

NARCISSE.

Une heure, c'est bien peu, il faut que j'aille parler de ça à papa.

Il s'éloigne.

MOUTONNET.

En voilà un évènement! Où donc est monsieur Pampelune? Je croyais l'avoir aperçu par ici tout à l'heure. Ah! le voilà. (Appelant.) Monsieur Pampelune, ohé! pssitt!

PAMPELUNE.

Qu'est-ce qu'il y a, Moutonnet?

MOUTONNET.

Oh! une grande nouvelle, monsieur le Maire, on vous fait savoir que Sa Majesté le roi Louis XIV, qui est dans les environs, va venir visiter Croutopoies-babas!

PAMPELUNE.

Louis XIV ici, quel bonheur et surtout quel honheur pour moi, qui dois le recevoir en ma qualité de Maire. Allons vite, Moutonnet, allez prévenir les habitants, prenez votre tambour, et annoncez cette grande nouvelle; dites surtout qu'il faut pavoiser toutes les maisons et illuminer immédiatement.

MOUTONNET.

Mais il n'est que midi, et le soleil se couche à 8 heures.

PAMPELUNE.

Ça ne fait rien, on verra plus clair, allez donc, Moutonnet, allez donc!

MOUTONNET.

J'y cours, monsieur le Maire!

Il se sauve.

PAMPELUNE.

Voilà certainement un beau jour pour moi! Je vais aller au-devant de Sa Majesté et lui faire un petit discours. Je vais lui dire ceci: Hum! qu'est-ce qu'il faut lui dire? Ah! oui! Non, je ferai peut-être mieux de lui dire autre chose. Oui, c'est ça! Je vais lui « dire: Sire, je suis convaincu que vous ne pouvez « pas vous figurer comme je suis heureux de vous « voir. Et chez vous comment que ça va? » C'est tout et puis ce n'est pas long, au moins comme ça, je suis sûr de ne pas l'ennuyer.

Il s'en va.

NARCISSE.

Oh! que c'est beau tous ces gens-là! En ont-ils des beaux attifiaux dorés, c'est moi qui voudrais bien être habillé comme ça. Pourquoi pas, au fait? Il y a des princes et des princesses! Si je pouvais avoir seulement le bonheur de m'en approcher, de me faire admirer par ces grandes dames, et d'en épouser une. Oh! mon rêve! mon rêve! Tiens en voilà une qui vient par ici, je crois qu'elle m'a vu!

LA PRINCESSE.

C'est charmant, ma foi, ce petit pays. Les habitants ont l'air un peu bête, mais il y a des bestiaux superbes!

NARCISSE, toussant.

Hum! Hum!

LA PRINCESSE.

Tiens, voilà un échantillon du pays. Vous êtes d'ici mon ami ?

NARCISSE.

Mon Dieu oui, mame la Princesse, c'est mon pays natif, c'est d'ici que je suis natal !

LA PRINCESSE, riant très fort.

Ah ! très bien !

Elle continue à rire.

NARCISSE.

Je la fais rire, je suis sûr que je vais la subjuguer?

LA PRINCESSE.

Vous plaisez-vous dans ce village, mon ami ?

NARCISSE.

Oh! que non, mame la Princesse, je donnerais bien quelque chose pour le quitter et ne jamais y reparaître !

LA PRINCESSE.

Allons donc, c'est pourtant très joli ici !

NARCISSE.

C'est beau, si on veut, mais ce n'est pas là ce que j'ai rêvé. Voyez-vous, mame la Princesse, moi j'étais fait pour être à la Cour.

LA PRINCESSE.

Quelle cour?

NARCISSE.

Celle du roi, et j'ai toujours dans mon idée que j'y arriverai.

LA PRINCESSE, riant toujours.

C'est bien possible !

NARCISSE, à part.

Elle n'est pas fière du tout, cette madame la Princesse ! Je vais lui confier mes petites ambitions. (Haut.) Ah ! oui, allez mame la Princesse, il faudrait bien peu de chose pour faire mon bonheur.

LA PRINCESSE.

Vraiment ?

NARCISSE.

Si j'avais seulement le bonheur d'épouser une princesse comme vous, je serais le plus heureux des hommes.

LA PRINCESSE.

Il ne s'agit que de ça ? Mais rien n'est plus facile !

NARCISSE.

Vous croyez ?

LA PRINCESSE.

Étant beau garçon comme vous l'êtes, avec un air si intelligent, une tournure si gracieuse, vous pouvez facilement trouver à satisfaire votre ambition.

Elle se retourne pour rire.

NARCISSE.

Ben ! n'est-ce pas. C'est ce que je leur dis à tous ici, ils ne veulent pas me croire !

LA PRINCESSE.

Oh ! c'est par jalousie !

NARCISSE.

C'est évident ! Ben ! une supposition que je m'adresserais à vous, madame la Princesse, pour vous demander, si vous voudriez bien m'épouser, pensez-vous que j'aurais quelques chances de voir mes espérances se réaliser !

LA PRINCESSE.

Peut-être, mais pour cela, il faut vous adresser au roi et lui demander l'autorisation !

NARCISSE.

Oh ! ça, c'est pas une affaire ! Je vais lui faire dire de venir à la maison pour boire un pichet de cidre et je lui parlerai de la chose.

LA PRINCESSE.

Eh ! bien! c'est ça! Je vous laisse.

Elle sort.

NARCISSE.

Elle n'a pas dit non, ça veut presque dire oui. Je suis sûr que mon projet va réussir. C'est mon étoile qui m'a envoyé ces gens-là par ici pour faire mon bonheur !

Il sort.

LE ROI, à la princesse.

Ainsi princesse, ce paysan a eu l'audace de vous demander en mariage.

LA PRINCESSE.

Tout simplement, sans hésiter.

LE ROI.

L'aventure est plaisante et vient ma foi fort à propos.

LA PRINCESSE.

Que voulez-vous dire ?

LE ROI.

Que ceci va nous offrir une agréable distraction. Ce paysan mérite une leçon, il faut la lui donner. Nous allons lui laisser croire à la possibilité de cette chose.

LA PRINCESSE.

Oh! l'idée est superbe! Je vais vous l'envoyer afin que vous puissiez juger par vous-même de sa naïveté.

LE ROI.

C'est ça! (La princesse s'éloigne.) Il ne doute de rien ce petit bonhomme. J'avais besoin de ça pour me distraire. Je crois que la voici! '

NARCISSE, à part.

Je crois que le voilà, monsieur le Roi, je n'oserai jamais lui parler!

LE ROI.

Ah! c'est vous, jeune homme?

NARCISSE.

Mais oui, monsieur le Roi!

LE ROI.

Mon ami on ne m'appelle pas monsieur le Roi, on m'appelle Sire tout simplement.

NARCISSE.

Ah! bon! M'sieur Sire tout simplement!

LE ROI.

Mais non, Sire, tout court.

NARCISSE.

Ah! ça m'est égal, M'sieur Sire tout court!

LE ROI, à part.

Jamais je ne parviendrai à me faire comprendre.
(Haut.) Voyons, mon ami, expliquons-nous. Vous
avez, paraît-il, l'intention d'épouser la princesse de
Trébizonde.

NARCISSE.

Bé oui, si y a moyen ?

LE ROI.

Pourquoi pas ? La princesse vous trouve fort
bien, c'est du reste mon avis, vous avez l'air excessivement distingué.

NARCISSE.

Ça c'est naturel chez moi !

LE ROI.

Par conséquent, je ne vois rien qui s'y oppose.

NARCISSE.

Oh ! M'sieur le roi tout court, vous ne pouvez
pas vous figurer comme vous me rendez heureux.

LE ROI.

Eh bien ! mon ami, c'est entendu, vous allez venir
avec nous à Versailles, et là nous nous occuperons
de terminer cette affaire !

NARCISSE.

C'est ça, monsieur le Roi, je vais aller mettre une
blouse neuve, et quand vous serez pour partir vous
viendrez me chercher.

LE ROI.

Parfaitement, c'est entendu. A tout à l'heure !

Il s'éloigne.

NARCISSE.

En v'là un brave homme, monsieur le Roi, il n'est pas plus fier que not'garde champêtre. C'est ça qui va en faire des jaloux! Et Arthémise, quand elle va savoir ça, elle est dans le cas d'en faire une maladie. Enfin, je tâcherai de lui faire entendre raison, je lui expliquerai qu'une alliance entre elle et moi n'était pas possible, et je suis convaincu qu'elle finira par le comprendre.

ARTHÉMISE.

Monsieur Narcisse, comme je vous l'ai dit tout à l'heure, je viens vous demander si vous voulez vous décider à prendre une détermination.

NARCISSE.

Mais certainement, Arthémise, j'en ai une.

ARTHÉMISE.

Ah! c'est bien heureux, car sans ça j'allais vous arranger.

NARCISSE.

Après avoir bien réfléchi, ma chère Arthémise, je me vois forcé de vous déclarer qu'une alliance entre nous est devenue complétement impossible !

ARTHÉMISE.

Ainsi voyez donc! Et vous avez trouvé mieux sans doute.

NARCISSE.

Beaucoup mieux! Je dois épouser une princesse.

ARTHÉMISE.

Misérable ! je vais vous étrangler.

Elle s'élance sur lui.

NARCISSE.

Laissez-moi tranquille, ou je le dis à papa !

ARTHÉMISE.

Poltron que vous êtes, allez donc lui dire à votre papa ! Ah ! je vais vous en faire une renommée dans le pays !

NARCISSE.

Voyons, Arthémise, soyez raisonnable.

ARTHÉMISE, s'élançant sur lui.

Taisez-vous ou je vous assomme ! (Il se sauve en criant.) Comme on va se moquer de moi dans le village à présent, quand on pense que j'avais déjà fait faire mes habits de noce. Ah ! si je pouvais trouver une bonne vengeance !... Il faut que je trouve une bonne vengeance.

Elle s'éloigne.

LA ROCHE PHÉLÉE, il entre avec le Marquis de Ratiboisé.

Mon cher Marquis, je vous assure que c'est l'exacte vérité !

RATIBOISÉ.

Il faut avouer, Comte, que voilà de singulières idées ! Comment vous, un des plus parfaits gentils-hommes de la cour, vous parlez ainsi d'abandonner vos amis ! Ce n'est pas sérieux !

LA ROCHE PHÉLÉE.

Je vous le répète, mon cher Marquis, je ne suis pas fait pour cette vie de plaisir. J'aime le calme et la solitude, et je vais m'occuper de cette retraite à laquelle j'aspire depuis longtemps déjà.

RATIBOISÉ.

Allons, je vous laisse, et j'espère que bientôt vous changerez d'avis, adieu !

LA ROCHE PHÉLÉE.

Le bonheur ! Il me semble qu'il doit être ici, dans ces champs, devant cette nature souriante... Tiens une jeune fille qui pleure. (Arthémise entre en pleurant sans voir le Comte, elle essuie sa figure avec son tablier.) Il y a donc tout de même des malheureux ici ? Mais elle est charmante cette petite. (Il s'approche d'elle.) Qu'avez-vous donc, mon enfant ?

ARTHÉMISE, à part.

Tiens ce beau Monsieur ! (Haut.) Je suis désolée, Monsieur, je viens de recevoir un affront cruel !

LA ROCHE PHÉLÉE.

Allons donc, pas possible, confiez-moi donc ça !

ARTHÉMISE.

Je devais épouser mon cousin Narcisse, et il vient de m'apprendre qu'il ne voulait plus de moi, parce que je ne suis qu'une simple paysanne.

LA ROCHE PHÉLÉE.

Oh ! le monstre !

ARTHÉMISE.

Il faut que je me venge, comment, je n'en sais rien, mais je veux lui faire voir que je suis autant que lui.

LA ROCHE PHÉLÉE, à part.

Elle est adorable cette petite paysanne. (Haut.) Eh ! bien écoutez, j'ai un moyen de vengeance tout prêt à vous offrir, si vous voulez en profiter cela ne dépend que de vous.

ARTHÉMISE.

Mais je ne demande pas mieux. Que faut-il faire ?

LA ROCHE PHÉLÉE.

Une chose bien simple, m'épouser ?

ARTHÉMISE.

Vous épouser, vous, un grand seigneur, moi qui ne suis qu'une simple petite paysanne. Ne vous moquez pas de moi, Monsieur, je ne le mérite pas.

LA ROCHE PHÉLÉE.

Du tout, chère petite, je vous parle sincèrement.

ARTHÉMISE.

Quoi, il se pourrait, à mon tour ! Il me serait possible d'égaler ce vaniteux qui doit épouser une princesse.

LA ROCHE PHÉLÉE.

Il n'épousera rien du tout, ne comprenez-vous pas que le roi se moque de lui.

ARTHÉMISE.

Comme on veut le faire pour moi peut-être?

LA ROCHE PHÉLÉE.

Mais non, je vous le jure. Tenez, je vais vous en donner la preuve, allons voir vos parents, s'ils acceptent ma proposition nous nous occuperons immédiatement de notre mariage.

ARTHÉMISE.

C'est donc sérieux? Oh! quel bonheur!

LA ROCHE PHÉLÉE.

Allons conduisez-moi chez eux.

               Ils sortent doucement.

NARCISSE.

Je viens de préparer mon paquet pour aller à Versailles, j'emporte deux blouses, onze mouchoirs et un peu de linge. Je suis sûr que cette pauvre Arthémise doit être furieuse. Ben, que voulez-vous? il fallait s'y attendre, je l'avais presque prévenue. Quand je serai à Versailles, j'aurai de beaux habits comme ces jeunes seigneurs, et quand je viendrai ici par hasard tout le monde s'inclinera devant ma dignité. Je m'y vois déjà au milieu de tous ces vulgaires paysans ; je me ferai construire un grand château, j'aurai des bois, des forêts, des lapins. Allons bon, voilà Arthémise!

ARTHÉMISE.

Tiens, vous partez, monsieur Narcisse?

NARCISSÉ.

Oui, ma toute belle, je vais t'a la cour du roi, où dans quelques jours j'épouserai la princesse de Trébizonde. **(Arthémise éclate de rire à son nez.)** D'abord vous n'avez pas besoin de rire comme ça, c'est très inconvenant.

ARTHÉMISE.

Alors vous êtes assez naïf pour croire qu'une grande princesse épousera un niais comme vous ?

NARCISSE.

Oui petite, et vous en aurez bientôt la preuve.

ARTHÉMISE.

Oui ! Eh ! bien ! je demande à la voir la preuve.
Oh ! ce beau Monsieur !

Elle éclate de rire et se sauve.

NARCISSE.

Elle est jalouse, c'est évident, il y a de quoi, du
reste, moi à sa place je n'en dormirais pas.

RATIBOISÉ.

Venez-vous, jeune homme, nous partons pour
Versailles.

NARCISSE.

C'est bien, allez, dites à Louis de m'attendre, dans
une minute je serai prêt.

La toile tombe

ACTE II

La scène représente une partie du parc de Versailles.

NARCISSE.

Oh! que c'est beau la Cour! Voilà bien ce que j'avais rêvé. Monsieur le roi m'a dit qu'il allait me faire faire des vêtements par son tailleur. C'est un bon garçon, Louis, on voit qu'il a de l'amitié pour moi; je lui plais assurément. C'est drôle tous ces gens de la Cour, ils me regardent drôlement, ils sont jaloux de mon intimité avec le roi, ça se voit tout de suite. Ils ont l'air de me regarder du haut de leur grandeur. Tiens, en voilà un, je ne l'aime pas celui-là, il est plus moqueur que les autres.

RATIBOISÉ.

Ah! vous voilà, jeune homme!

NARCISSE.

Oui, Monsieur, me voilà jeune homme et puis après?

RATIBOISÉ.

C'est tout, mon ami.

NARCISSE.

Je vous ferai observer d'abord que je ne suis pas votre ami, une vulgaire connaissance, et c'est tout! (Ratiboisé pousse un éclat de rire et s'éloigne.) En voilà un malhonnête, heureusement que ça ne m'atteint pas.

ARTHÉMISE.

Tiens, Narcisse !

NARCISSE.

Ah ! Pardon, Arthémise, c'est très imprudent ce que vous faites-là. Comment vous avez l'audace de me suivre jusqu'ici, au risque de compromettre ma situation.

ARTHÉMISE.

Oh ! votre situation, vous me faites bien rire ! Permettez-moi de vous faire observer, monsieur le grand Seigneur, que je ne suis pas ici pour épier vos actes. J'accompagne mon père qui est venu pour des affaires très sérieuses. Il va parler au roi !

NARCISSE.

Pourquoi faire, pour lui vendre des fromages ?

ARTHÉMISE.

Ceci ne vous regarde pas, ne vous occupez pas plus de moi que je ne pense à vous.

NARCISSE.

C'est bien, mais en attendant, ne compromettez pas mon avenir. Eloignez-vous de moi, car si on me voyait causer à une paysanne, je serais déconsidéré considérablement.

ARTHÉMISE.

Oh ! comme vous parlez bien, on voit que vous n'êtes pas un homme ordinaire. Rassurez-vous, mon cher, je vous laisse tout à votre bonheur. Adieu et bonne chance dans vos entreprises.

Elle part en riant.

8

NARCISSE.

Est-elle orgueilleuse cette petite, elle ne veut pas
avouer son dépit. Voyons ne pensons plus à ça.
Tiens, voilà la princesse ma future épouse. (Appelant.)
Psitt !

LA PRINCESSE.

Eh bien ! monsieur Narcisse, comment trouvez-
vous Versailles ?

NARCISSE.

Heu ! Heu !

LA PRINCESSE.

Comment dites-vous ?

NARCISSE.

Je dis, heu ! heu ! c'est beau, il y a des arbres
comme chez nous, seulement on les a plantés plus
haut. Mais ce n'est pas pour ça que je suis venu
ici.

Il cherche à lui prendre la main, elle s'éloigne de lui.

LA PRINCESSE.

Allons, monsieur Narcisse, soyez convenable.

NARCISSE.

Mais puisque je dois vous épouser.

LA PRINCESSE.

Ce n'est pas une raison !

NARCISSE.

Eh bien ! alors embrassez-moi et je respecterai les
convenances.

LA PRINCESSE, avec effroi.

Jamais par exemple !

NARCISSE.

Comment jamais ? Voulez-vous m'embrasser tout de suite.

Il la poursuit, elle passe plusieurs fois fuyant devant lui,
jetant des cris perçants, puis ils disparaissent.

LE ROI.

D'où partent ces cris, on dirait que quelqu'un se trouve mal.

NARCISSE, accourant tout essoufflé.

Ah! je n'en peux plus, je n'ai jamais pu y arriver. Tiens, voilà monsieur le Roi.

LE ROI.

Qu'est-ce qu'il y a donc ?

NARCISSE.

Figurez-vous, monsieur le Roi, que je voulais embrasser la princesse et elle n'a jamais voulu y consentir.

LE ROI.

Naturellement, mon ami, ça ne se fait pas.

NARCISSE.

Comment ça ne se fait pas, mais puisque je dois l'épouser.

LE ROI.

Ce n'est pas une raison, c'est très inconvenant.

NARCISSE.

Ah! ben chez nous ça se fait.

LE ROI.

C'est possible, mais ici ce n'est pas la même chose,

et vous risqueriez fort en agissant ainsi de perdre les bonnes grâces de la princesse.

NARCISSE.

Elle est fière la princesse, ce n'est pas comme vous, monsieur le Roi, vous êtes un brave homme.

Il rit bêtement et chatouille le roi sous le bras.

LE ROI, se reculant et répétant plusieurs fois.

Allons voyons, finissez... finissez donc !

Le roi se retire.

NARCISSE.

Est-il chatouilleux, monsieur le Roi !

Il sort.

LA ROCHE PHÉLÉE, il entre avec Arthémise.

Ma chère Arthémise, j'ai une bonne nouvelle à vous apprendre. Votre père vient d'être reçu par le roi, et Sa Majesté consent parfaitement à ce que je vous épouse.

ARTHÉMISE.

Vraiment? Oh! quel bonheur. Mais monsieur le Comte, c'est à n'y pas croire. Comment moi, une simple petite paysanne, je deviendrais votre femme? Mais jamais je n'aurai assez de bonnes manières pour tenir le rang que vous me destinez.

LA ROCHE PHÉLÉE.

Il vous manque peu de choses, et avec quelques bonnes leçons vous serez parfaite, croyez-moi. Allons adieu, je vais retrouver votre père et préparer notre départ ; ce soir même nous quittons Versailles pour retourner chez vous.

ARTHÉMISE.

Vous êtes bon, Monseigneur, soyez persuadé que

je ferai tout mon possible pour vous rendre heureux, comme vous le méritez si bien.

Il sort.

NARCISSE.

Peste! Mademoiselle Arthémise, vous ne vous refusez plus rien, vous adressez la parole à des gentilshommes de la cour.

ARTHÉMISE.

N'est-ce pas, monsieur Narcisse, du reste, il n'y a là rien de surprenant, vous parlez bien à des princesses.

NARCISSE.

Moi c'est différent, mon rang m'y oblige, puisque je vais en épouser une.

ARTHÉMISE.

Et le mien aussi puisque j'épouse un Comte.

NARCISSE, éclatant de rire.

Vous? Ah! elle est bien bonne! Il vous a dit qu'il vous épouserait?

ARTHÉMISE.

Et il m'épousera!

NARCISSE.

Mais ma pauvre fille, il s'est moqué de vous! Songez donc que vous n'êtes qu'une simple fille des champs. Ecoutez-moi, Arthémise, suivez mon conseil: partez ce soir même chez vous, c'est ce que vous avez de mieux à faire.

ARTHÉMISE.

Justement, c'est ce que je vais faire, et j'espère vous y revoir bientôt.

8.

NARCISSE.

Certainement, j'irai. Allons adieu, **Arthémise**, je ne vous en veux pas. Au revoir, petite, au revoir! (Arthémise s'éloigne en riant.) Je crains qu'elle ne soit pas convaincue. Enfin ça la regarde! Ah! voilà le roi. (Appelant.) Eh! Louis! Monsieur Louis!

LE ROI.

C'est moi que vous appelez?

NARCISSE.

Naturellement que c'est vous.

LE ROI, à part.

Décidément ce paysan devient encombrant. (Haut.) Eh, bien! voyons mon garçon, sommes-nous plus sérieux?

NARCISSE.

Mais oui, M'sieur le Roi! Dites donc, je voulais vous demander si vous avez fixé le jour de mon mariage.

LE ROI.

Ah! non, je vais en parler à la princesse, elle indiquera elle-même l'époque qui lui conviendra.

NARCISSE.

Ah! merci, vous êtes bien bon. (Même scène que précédemment, il chatouille plusieurs fois le roi qui se retire en criant.) La voilà justement la princesse. Je vais lui demander moi-même si elle veut fixer le jour de la cérémonie, puisque Louis dit que ça ne dépend que d'elle je vais être renseigné. (Appelant.) Madame la Princesse, ohé psitt!

LA PRINCESSE, à part.

Voilà une imprudence que je regrette. Quelle fâcheuse idée j'ai eue là, lorsque j'ai soumis cette plaisanterie à Sa Majesté.

NARCISSE.

Madame la Princesse je viens de voir Louis. (Il rit bêtement, la princesse ne peut s'empêcher de rire également, ce qui excite l'hilarité grossière de Narcisse en provoquant de plus en plus celle de la princesse.) Alors, m'sieur le Roi m'a dit qu'il ne dépendait que de vous de fixer le jour de notre union.

LA PRINCESSE.

Ah! oui, c'est vrai je n'y pensais plus.

NARCISSE.

Oh! c'est mal, moi qui ne pense qu'à ça.

LA PRINCESSE.

Je verrai, je réfléchirai...

NARCISSE.

Ah! ben non, vous savez, c'est trop long. Si vous ne voulez pas, faut le dire tout de suite. Je chercherai une autre princesse, il n'en manque pas!

LA PRINCESSE.

Comment, vous me feriez un pareil affront?

NARCISSE.

Certainement si vous m'y obligez.

LA PRINCESSE.

C'est mal, monsieur Narcisse, c'est très mal; je ne vous aurais pas cru capable de ça.

NARCISSE.

Non, allez ! Rassurez-vous je ne veux pas vous mettre dans l'embarras !

LA PRINCESSE.

C'est gentil ce que vous faites là !

NARCISSE.

Je sais que vous ne pourriez pas survivre à une pareille douleur.

LA PRINCESSE.

Oh ! si !

NARCISSE

Oh ! non je ne crois pas ! (Il s'approche d'elle et la princesse se sauve en rian'.) C'est drôle, je la fais toujours rire. Enfin pourvu qu'elle se décide le plus tôt possible, c'est tout ce que je demande.

Il s'éloigne.

LE ROI, il entre avec la princesse.

Ma foi, Princesse, je crois que vous avez raison, la plaisanterie a trop duré.

LA PRINCESSE.

Je vous assure, Sire, que la position n'est plus tenable, ce paysan est tellement bête qu'il n'inspire aucune pitié. Il devient par trop familier et je crains toujours quelques nouvelles sottises de sa part.

LE ROI.

Rassurez-vous, je vais donner l'ordre de le faire reconduire dans son village. La punition qu'il trouvera là-bas est assez sévère, pour que nous ne prolongions pas plus longtemps la comédie qu'il nous donne ici, et qui vraiment devient désagréable.

LA PRINCESSE.

Vous avez raison, Sire, quant à moi, je me cache pour ne plus être exposée à le rencontrer.

Elle s'éloigne.

LE ROI, appelant.

Marquis! Ecoutez donc, un mot, je vous prie!

RATIBOISÉ.

Qu'y a-t-il, Sire?

LE ROI.

Marquis, faites-moi donc le plaisir de nous débarrasser de ce paysan.

RATIBOISÉ.

Je ne demande pas mieux, Sire, car il devient vraiment désagréable.

LE ROI.

Justement, vous allez lui faire prendre un petit verre de cette fameuse liqueur qui endort si bien et ce soir même vous le ferez reconduire à la porte de son village.

RATIBOISÉ.

Parfaitement, Sire, je vais exécuter vos ordres.

Il sort.

LE ROI.

Voilà un châtiment terrible, mais ma foi bien mérité. Si je pouvais punir ainsi tous ceux de cette espèce je serais trop heureux.

Il sort.

NARCISSE, parlant à la cantonade.

Laissez-moi tranquille, je le dirai à Louis! (Au public.) En voilà des manières, ils m'appellent paysan. Je le suis peut-être plus qu'eux paysan.

RATIBOISÉ, il entre avec une bouteille et un petit verre.

Tiens, ce cher ami, enchanté de vous voir. Vous allez profiter d'une bonne occasion. Je vais vous faire goûter à la liqueur favorite du roi, c'est délicieux, c'est fait avec du sirop d'escargot et des pépins de betteraves, dégustez-moi ça, et donnez-moi votre opinion là-dessus.

Il lui en verse un petit verre.

NARCISSE, il boit.

Oh ! que c'est bon ! On dirait du jus de pruneaux !

RATIBOISÉ.

N'est-ce pas? On n'en boit pas comme ça à Croutopo-les-babas?

NARCISSE.

Bien sûr que non! Merci, monsieur le Marquis.

RATIBOISÉ.

A votre service, mon garçon, maintenant que vous en connaissez le goût, quand vous en désirerez vous viendrez me trouver.

Il sort.

NARCISSE.

Délicieux, c'est succulent ! Jamais je n'ai bu quelque chose d'aussi bon. Ça m'en donne des éblouissements, je vois trouble... c'est drôle, on dirait que je vais me trouver mal, moi qui suis si bien! Bien, voyons ! (Il trébuche.) Mais je vais tomber... Au secours, à moi... Louis... Louis...

Il tombe sur la tablette. Après un moment de silence, deux hommes paraissent et le prennent pour l'emporter.

ACTE III

La scène représente une forêt.

Au lever du rideau, les deux mêmes hommes apportent Narcisse qu'ils déposent sur la tablette. Il ronfle d'une façon épouvantable. Il se remue et se retourne plusieurs fois sans cesser de ronfler.

FILOCHARD, il entre sans voir Narcisse, et cherche d'où provient le tapage que celui-ci fait en ronflant.

En v'là un vent! Pour sûr nous allons avoir de la tempête! Jamais je n'ai entendu un ouragan pareil. Oh! mais ce n'est pas naturel. (Apercevant Narcisse.) Tiens, un paquet, qu'est-ce que c'est que ça? On dirait un homme. Mais oui... Ah! c'est Narcisse! (L'appelant.) Narcisse... Narcisse... Voyons Narcisse, q'   -ce que vous faites là?
                    Il le secoue très fortement.

NARCISSE, se remuant à peine.

On ne dort pas bien à Versailles. (Il cogne plusieurs fois sa tête sur la tablette, restant toujours étendu.) Ils m'ont donné un oreiller dur comme du bois, faudra que je me plaigne à Louis.

FILOCHARD.

Ah! ça, qu'est-ce qu'il fait là? Ben, par exemple, en voilà une affaire, depuis trois jours on le cherche partout. (Il le pousse.) Hé! Narcisse... Narcisse... (Narcisse ne répond que par de formidables ronflements.) En voilà un sommeil. Je ne peux pourtant pas le laisser là.
Il le pousse très fort, Narcisse se décide à bouger, il se réveille lentement et regarde autour de lui.

NARCISSE.

Ben, où donc que je suis? Tiens... mais qu'est-ce que c'est que ça? On dirait que je suis à Croutopo-les-babas! Dites-donc, Filochard, donnez-moi donc un coup de poing dans l'œil pour voir si je dors.

FILOCHARD.

Mais non vous ne dormez pas! Ah! ça! Voyons, Narcisse, qu'est-ce que vous faites? Voilà trois jours que tout le monde vous cherche, vous pouvez vous vanter d'en donner des émotions à votre famille.

NARCISSE.

D'abord je vous dis que je suis à Versailles chez mon ami Louis XIV.

FILOCHARD.

Mais il a perdu complétement la tête, ce pauvre garçon.

NARCISSE.

Vous n'avez pas vu ma fiancée ?

FILOCHARD.

Votre fiancée Arthémise?

NARCISSE.

Mais, non, la princesse de Trébizonde.

FILOCHARD.

Il est complétement fou !

NARCISSE.

Voyons Filochard, dites-moi la vérité, il ne s'est rien passé de surnaturel dans le pays depuis quelques jours.

FILOCHARD.

Oh! si, le château de La Roche Phélée est habité!

NARCISSE.

Comment ça habité, par qui donc?

FILOCHARD.

Par un jeune seigneur qui l'a acheté avec toutes ses dépendances, et qui a l'intention de vivre ici avec sa jeune femme, car il paraît que ce sont deux jeunes mariés!

NARCISSE.

Oh! mais c'est épouvantable ce que vous m'apprenez là!

FILOCHARD.

Pourquoi ça? Je ne trouve pas moi, au contraire, ça va donner un peu d'animation au pays, on dit même que monsieur le Comte va donner une grande fête à tous les habitants. Ça doit vous aller, ça au contraire, vous n'êtes pas ennemi de la gaieté vous, monsieur Narcisse.

NARCISSE.

La gaieté, ah! ben oui, parlons-en de la gaieté.
       Il se met à pleurer bêtement.

FILOCHARD.

Allons, mon brave Narcisse, je crois que vous venez de faire un fameux sommeil, et que vous rêvez encore. Réveillez-vous bien vite, et venez rassurer votre famille, qui est très inquiète sur votre sort.
                      Il s'éloigne.

9

NARCISSE.

Hélas non, je ne rêve pas, du moins je ne rêve plus. Cependant je n'ai pas la berlue, j'ai bien suivi le roi à la cour de Versailles ; mais comment suis-je ici ? Je ne me souviens pas du tout par quel moyen de transport j'ai pu faire un si grand trajet. surtout sans m'en apercevoir ! Et encore tout cela ne serait rien sans cette terrible nouvelle que vient de m'annoncer Filochard. Le château de La Roche Phélée serait habité ? Mais alors nous sommes ruinés, perdus. Le roi a voulu se moquer de moi probablement, ainsi que cette princesse ! C'est donc ça, que tous ces gens-là riaient tant quand je leur parlais. Comme un naïf que je suis, je prenais tout ça au sérieux ! Fallait-il que je sois bête !... Enfin tâchons de sortir de là s'il y a moyen ! La première chose à faire c'est d'aller trouver cette pauvre Arthémise. et de lui demander pardon, car vraiment j'ai agi envers elle comme un misérable. Comme elle va être heureuse, cette pauvre fille, lorsqu'elle me reverra, l'émotion est capable de la tuer !

UN DOMESTIQUE.

Ah ! le voilà, c'est pas malheureux !... Dites donc, jeune homme, c'est bien vous qui vous nommez Narcisse Pampelune.

NARCISSE.

Sans doute, et puis après ?

UN DOMESTIQUE.

Monsieur le Comte de La Roche Phélée, mon maître, a besoin de vous parler le plus tôt possible.

NARCISSE.

Ah, ça ! domestique, votre maître pourrait, ce m

semble, venir me trouver, pourquoi ne vient-il pas me voir?

UN DOMESTIQUE.

Il ne connaît peut-être pas vos jours de réception, ou il craint de vous déranger!

NARCISSE.

Enfin c'est bon, j'irai quand j'aurai un moment!

UN DOMESTIQUE.

Tâchez d'en trouver un d'ici une petite heure, sans ça on emploiera un moyen plus énergique pour accompagner votre illustre personne.

NARCISSE.

C'est bon, c'est bon, domestique, allez, allez!

UN DOMESTIQUE.

En voilà un paysan qui s'en donne de l'importance!

Il s'éloigne.

NARCISSE.

C'est à moi que vous parlez?... Il fait bien de s'en aller, j'allais lui donner une leçon! Il me fait demander, monsieur le Comte, parbleu je sais bien ce qu'il va me dire! Oh! c'est épouvantable une situation pareille!.. Enfin, ne nous décourageons pas d'avance, je vais toujours aller chez monsieur le Comte, et après j'irai voir ma pauvre Arthémise! Oh! que je suis malheureux, que je suis malheureux!

Il sort en pleurant et la toile tombe.

QUATRIÈME TABLEAU

La scène représente un salon chez le comte de La Roche Phélée.

UN DOMESTIQUE.

Voilà une situation à laquelle je ne m'attendais certainement pas. Lorsque j'ai été demandé ici, je m'attendais à trouver en arrivant un vieux château avec des maîtres aussi antiques que les murs de leur demeure, et pas du tout, je suis installé au contraire dans un superbe domaine, et j'ai à servir tout simplement Monsieur le Comte et Madame la Comtesse, jeunes tous deux et remplis de grâce et de gentillesse. C'est pour moi je crois le bonheur parfait sur la terre. Que je passe seulement dix années ici, avec mes appointements, la gratte et les tours de bâton, j'aurai du gruau pour mes vieux jours dans une bonne chaumière à la campagne. (On entend sonner.) Qu'est-ce que c'est que ça ? ça doit être ce jeune paysan qui est si bête et si fier.

Il va ouvrir et revient aussitôt avec Narcisse.

NARCISSE.

Domestique, allez annoncer monsieur Narcisse à votre maître, et dites-lui que...

UN DOMESTIQUE.

C'est bon, c'est bon! attendez là et taisez-vous!

Il s'éloigne.

NARCISSE.

Comment ça que je me taise! Il a dit que je me taise, en voilà un maroufle. Je vais lui dire à monsieur

le Comte que je n'ai pas l'habitude d'être traité comme
ça! Je suis passé devant la maison d'Arthémise, et j'ai
remarqué que toutes les fenêtres étaient fermées, c'est
qu'elle est aux champs avec ses parents peut-être.
Aussitôt que je sortirai d'ici j'irai la chercher, et j'espère qu'elle me pardonnera, elle est si bonne et si
intelligente, c'est bien la fille la plus gentille et la
plus adorable de tout le village... Oh! j'entends
quelqu'un, c'est monsieur le Comte sans doute !

LE COMTE DE LA ROCHE PHÉLÉE.

Vous voilà, jeune homme ?

NARCISSE.

Oui monsieur le Comte, je m'v'la!

LE COMTE DE LA ROCHE PHÉLÉE.

J'en suis bien aise, car j'ai quelque chose de très
sérieux, de très grave à vous dire.

NARCISSE, à part.

Aïe! Aïe! Aïe! ça y est!

LE COMTE DE LA ROCHE PHÉLÉE.

Vous n'ignorez pas sans doute que je viens d'a-
cheter le domaine de la Roche Phélée!

NARCISSE.

Ça me fait bien du plaisir, monsieur le Comte,
vous m'en voyez rempli d'aise et de satisfaction.

LE COMTE DE LA ROCHE PHÉLÉE.

Vous êtes bien aimable !

NARCISSE.

Vous savez on fait ce qu'on peut! Dans la famille
nous sommes de si braves gens de pères en fils!

LE COMTE DE LA ROCHE PHÉLÉE.

Je n'en doute pas, c'est pourquoi je vous ai fait demander; comme je sais que vous êtes également tous très honnêtes, je désire que vous ayiez la bonté de me rendre ce qui m'appartient.

NARCISSE, vivement

Plaît-il, Monseigneur! S'il vous plaît! Vous dites que?

LE COMTE DE LA ROCHE PHÉLÉE.

Je dis que vous allez me remettre immédiatement mes biens.

NARCISSE.

Vos biens, Monseigneur, quels biens?

LE COMTE DE LA ROCHE PHÉLÉE.

Allons, je veux bien y mettre un peu de complaisance, je vais m'expliquer plus clairement. Depuis soixante ans que ce château est abandonné, votre père a cru pouvoir se permettre d'empiéter sur les terres qui en dépendent, et petit à petit, grâce à cette audace, il a su tirer parti de ces biens abandonnés, ne craignant même pas d'élever dessus des constructions, espérant sans doute que jamais un acquéreur sérieux ne viendrait s'installer dans cette demeure ancienne. Donc, mon ami, j'ai préféré vous prévenir plutôt que votre père, afin que vous vous chargiez vous-même de le mettre en mesure de me rendre sans plus tarder, les biens qu'il croit posséder, et dont je le défie de montrer un titre quelconque, pour en justifier sa légitime propriété.

NARCISSE.

Mais, Monseigneur, c'est la ruine !... c'est le malheur !... c'est le désespoir !...

LE COMTE DE LA ROCHE PHÉLÉE.

Ça ne m'étonne pas, mais que voulez-vous que j'y fasse?

NARCISSE.

Vous ne pouvez pas nous mettre dans une situation pareille ! Pensez-donc, Monseigneur, mon père n'est plus jeune, loin de là, que voulez-vous qu'il fasse pour vivre ?

LE COMTE DE LA ROCHE PHÉLÉE.

Ah! ça ne m'inquiète pas, mon ami. Si votre père est âgé, vous êtes jeune, par conséquent, étant fort comme vous l'êtes, vous travaillerez pour nourrir toute votre famille.

NARCISSE.

Mais ça serait si peu de chose pour vous de nous faire cadeau de ça !

LE COMTE DE LA ROCHE PHÉLÉE.

A propos de quoi? Est-ce que je vous connais, pour vous accorder une semblable faveur? Allons, c'est entendu, n'est-ce pas, il est inutile de nous attarder plus longtemps.

NARCISSE.

Mais je n'y survivrai pas et je suis capable d'en mourir!

LE COMTE DE LA ROCHE PHÉLÉE.

Je ne m'y oppose pas !

NARCISSE.

Et puis c'est pas ça, je dois épouser ma cousine

Arthémise, que va-t-elle dire quand elle apprendra
ça !

                    Il pleure bêtement.

LE COMTE DE LA ROCHE PHÉLÉE.

Oh! ce n'est pas cela qui m'inquiète! Enfin, voyons
je veux bien essayer de faire quelque chose pour
vous, quoique dans le fond, je le sais, vous ne le
méritiez guère. Pour ma part je ne change rien à ma
résolution, mais je vais faire venir la comtesse,
vous lui expliquerez votre situation, du reste elle
est déjà un peu renseignée. Essayez de l'attendrir,
vous y parviendrez peut-être plus facilement que
pour moi, et ma foi ce qu'elle jugera à propos de
faire, sera exécuté à la lettre.

NARCISSE.

Je vous remercie, Monseigneur, j'essaierai! (Le
Comte sort.) Il est dûr, monsieur le Comte, enfin j'espère attendrir la Comtesse. Ma pauvre Arthémise,
je sais bien que si elle me savait ruiné elle m'é-
pouserait quand même, mais comme ça serait
vexant dans le village, comme on se moquerait de
nous, car personne ne se doute de ça, tout le monde
croit que papa a acheté toutes ces propriétés. J'entends quelqu'un, c'est la Comtesse probablement ;
oh! oui, j'entends frou! frou! frou! ça me rappelle les robes des grandes dames de la cour de
Louis XIV!

ARTHÉMISE.

Eh! bien, monsieur Narcisse, et votre princesse?

NARCISSE, il tombe à la renverse.

Ciel! Grand Dieu! C'est toi, c'est vous madame la
Comtesse, Arthémise?

ARTHÉMISE.

Allons voyons, monsieur Narcisse, remettez-vous
je vous en prie!

NARCISSE.

Mais c'est pas Dieu possible! Oh! que vous êtes belle sous ces vêtements!

ARTHÉMISE.

Vous me trouvez bien, n'est-ce pas, à présent ?

NARCISSE.

Mais Arthémise, je t'ai toujours trouvée très bien!

ARTHÉMISE.

Il n'y a pas d'Arthémise ici, pour vous, je vous prie de m'appeler madame la Comtesse !

NARCISSE.

Je t'assure, madame la Comtesse...

ARTHÉMISE.

Je vous prie de ne pas me tutoyer !

NARCISSE.

Comment, c'est donc vrai, c'est toi qui a épousé votre mari, monsieur le Comte? Ben alors, moi qu'est-ce que je vais devenir ?

ARTHÉMISE.

Vous n'épouserez donc pas votre princesse ?

NARCISSE.

Ah! ben oui! ma princesse, je ne sais seulement plus où elle est, je l'ai perdue de vue !

ARTHÉMISE.

C'est dommage, ma foi, mais vous en trouverez une autre ! Quand on est si beau garçon...

NARCISSE.

C'est p'têtre ben possible !

9.

ARTHÉMISE.

Si intelligent...

NARCISSE.

Sans doute.

ARTHÉMISE.

Et avec ça vous avez de la fortune...

NARCISSE.

Bien sûr!... Ah! mais non, tiens je n'y pensais plus, c'est vrai au fait je suis perdu, ruiné !

Il tombe en pleurant.

ARTHÉMISE.

Allons voyons, j'ai pitié de vous, ne pleurez plus, je me charge de décider le comte à vous laisser les biens dont vous jouissez.

NARCISSE.

Oh! merci, Arthémise, comment pourrai-je jamais reconnaître tant de bonté ?

ARTHÉMISE.

C'est bien simple, je ne demande qu'une chose, je l'exige même, c'est que cet entretien soit le dernier et que vous ne fassiez jamais aucune dé-marche pour venir me voir, vous me forceriez à vous faire expulser par mes domestiques! Adieu!

Elle sort.

NARCISSE, pleurant.

Ah ! je n'ai que ce que j'ai mérité! Enfin je vais entrer chez moi, je vais aller donner le foin à mes animaux, et je ferais bien de m'en mettre une por-tion de côté, car je le reconnais, je suis bien plus bête qu'eux!

LA CHAMBRE 28

COMÉDIE EN UN ACTE

PERSONNAGES

MM. PERDROFIN, voyageur.
AUGRATIN, maître d'hôtel.
1ᵉʳ CLIENT.
2ᵉ CLIENT.

Mᵐᵉˢ PARTROVIVE, voyageuse.
AUGRATIN, maîtresse d'hôtel.
AUGUSTINE, bonne de l'hôtel.

LA CHAMBRE 28

ACTE PREMIER

AUGRATIN.

Voilà certes une saison qui s'annonce mal. J'ai beau faire de la publicité pour faire prendre mon hôtel, rien ne peut me réussir! Une maison de premier ordre, située dans le plus riche quartier de Lubin, une des plus importantes ville d'eaux. Je fais ma cuisine moi-même, et je la mange de même moi-même faute de clients. J'avais une dame, elle est partie tout à l'heure! Je la faisais manger dans sa chambre afin qu'elle ne s'aperçoive pas que la maison était vide, je lui avais dit que c'était plein à la table d'hôte. Comme elle avait le caractère assez bien fait, elle s'était conformée à toutes mes exigences, je lui faisais même prendre l'escalier de service pour éviter de balayer le grand! Oh! si ça continue comme ça je suis un homme perdu, déshonoré?

AUGUSTINE.

Monsieur! Voilà un client!

Augratin se précipite vers la porte en bousculant Augustine qu'il entraîne avec lui. La scène reste vide pendant quelques secondes.

AUGRATIN.

Nous y voilà, Monsieur, par ici, na! Vous y êtes!

PERDROFIN.

Ah ! je suis tout essoufflé ! C'est un peu haut !
Enfin j'aurai de l'air, et vous dites que c'est tout ce
que vous avez ?

AUGRATIN.

Mon Dieu oui, Monsieur, l'hôtel est au grand complet, je n'ai plus que cette chambre.

PERDROFIN.

Alors c'est bien, je la choisis. (Au public.) Il ne faut
pas se montrer trop exigeant, il paraît que l'on ne
peut pas se loger à Lubin cette année, tellement il
y a du monde, c'est pourquoi il faut savoir se plier
aux exigences des hôteliers. (A Augratin.) Alors
combien louez-vous cette chambre ?

AUGRATIN.

Sept cinquante, Monsieur !

PERDROFIN.

Avec deux repas ?

AUGRATIN.

Sans repas aucun, ou alors avec la nourriture
comprise, c'est dix-sept cinquante !

PERDROFIN.

Oh ! que c'est cher !

AUGRATIN.

Pardon, Monsieur, c'est le prix, et ce n'est pas
en entrant que vous allez commencer par réclamer.
Qu'est-ce que ça serait donc en sortant alors ? No-
tez, Monsieur, que nous ne recevons pas de plaintes, et chaque client au contraire emporte en nous

quittant des cartes de la maison pour distribuer à
ses amis et connaissances.

PERDROFIN, avec une grande révérence.

Parfaitement, du moment que c'est l'usage, je
m'y conformerai ! Alors dites-moi, vous allez me
faire garnir le lit, n'est-ce pas ?

AUGRATIN.

Garnir le lit ? Comment ça, garnir le lit?

PERDROFIN.

Sans doute, voyons vous allez y mettre des
draps !

AUGRATIN.

Des draps ! Comment Monsieur n'a pas apporté
les siens ?

PERDROFIN.

Ah ! ça, voyons, vous plaisantez ! Il me semble
que partout on fournit les draps aux voyageurs !

AUGRATIN.

Je vous demande pardon, Monsieur, chez moi, ça
ne se fait pas ; c'est une habitude que certains confrères ont conservée peut-être! Si je fournis les
draps c'est trois francs de plus par jour.

PERDROFIN, au public.

J'aime encore mieux ça que de coucher à la belle
étoile. (A Augratin.) Enfin soit, donnez-moi des draps !
Et puis demain matin vous me réveillerez à 4
heures pour que j'aille prendre ma douche.

AUGRATIN.

Ah ! ça, Monsieur, c'est impossible, il ne faut pas
compter là-dessus.

PERDROFIN.

Parce que ?

AUGRATIN.

Mais parce que à cette heure-là nous dormons tous ici, et nous n'aimons pas être dérangés. Quand on travaille le soir il faut bien se reposer un peu le matin.

PERDROFIN.

C'est juste, vous avez raison, et alors quelle heure me permettez-vous de prendre ?

AUGRATIN.

Allez-y vers 8 ou 9 heures !

PERDROFIN.

Bon, c'est entendu, je vous sonnerai pour que l'on vienne me réveiller ! A propos, où donc est la sonnerie ?

AUGRATIN.

Oh ! la sonnerie, il n'y en a pas ! Pas si bête ! Figurez-vous que j'avais fait mettre de ces sonneries électriques qui sont si agaçantes ; nous avions des clients qui étaient pendus après toute la journée, c'est moi qui vous ai enlevé ça bien vite !

PERDROFIN.

Mais cependant si j'ai besoin de quelque chose ?

AUGRATIN.

Eh ! bien, quoi ? Un quatrième, qu'est-ce que c'est que ça à descendre, ça vous donne de l'exercice, faut-il pas encore que je vous fasse mettre un ascenseur hydraulique ! Non, c'est incroyable comme les clients deviennent exigeants.

PERDROFIN.

Je vous demande pardon, et je vous prie d'excuser mon indiscrétion.

AUGRATIN.

Allons, je vous quitte, vous comprenez que je n'ai pas que ça à faire, si tous les clients me retenaient aussi longtemps, jamais le service ne se ferait.

Il sort. Perdrofin reste en extase, stupéfait.

PERDROFIN.

C'est égal, c'est dûr tout de même, de plier ainsi sous les exigences de ce marchand de sommeil. Enfin patientons! Je voudrais bien me reposer un peu; allons bon, il n'y a seulement pas une chaise. Je ne peux pourtant pas descendre quatre étages et les remonter avec une chaise pour me reposer dessus ensuite. (Il appelle d'une façon comique.) Eh! psitt! Pi-ouittt! Prouttt! Oh! hé là-bas?

Mme AUGRATIN.

Qu'est-ce que vous voulez, Monsieur? Il ne faut pas faire tant de tapage, nous ne recevons généralement ici que des gens comme il faut.

PERDROFIN.

Je n'en doute pas, Madame! Dites-moi? Voulez-vous avoir la bonté, l'extrême obligeance, la complaisance, de me faire monter une ou deux chaises!

Mme AUGRATIN.

Des chaises! Comment des chaises? Ah! ça, est-ce qu'il n'y en a pas dans la salle à manger, des chaises? Merci alors, si nous en mettions encore dans les chambres, il en faudrait un matériel. Et c'est pour ça que vous me dérangez? Oh! c'est trop fort!

Elle s'éloigne.

PERDROFIN, criant dans l'escalier.

Je vous demande pardon, Madame, je ne le ferai plus. (Revenant.) C'est trop fort tout de même ça, je commence à croire qu'on se moque de moi ici. Enfin patientons, je chercherai ce soir si je trouve mieux, et alors je me vengerai en leur brûlant la politesse. Je vais aller voir la salle à manger et m'asseoir un peu, puisqu'il y a des chaises dans la salle à manger !

Il sort.

Mme PARTROVIVE.

Ah! bien il était temps! quelques minutes de plus j'étais partie ! J'ai trouvé une lettre de mon mari, à la poste, par laquelle il m'informe qu'il va venir passer quelques jours ici, j'en suis bien aise, ma foi, car ce petit pays me plaît, et cet hôtel donc, jamais je n'ai trouvé une tranquillité plus parfaite. Il paraît que c'est plein et on y entendrait une mouche voler. Je suis heureuse de rentrer en possession de cette petite chambre. Allons bon, le lit est défait, j'aurais cependant été bien aise de faire un petit somme avant le déjeuner, car je me suis levée à 4 heures du matin et j'ai attendu mon mari qui devait arriver par le train de 5 heures; sans doute il l'aura manqué. Ma foi, je vais me reposer sur cette banquette faute d'autre chose.

Elle souffle sur la tablette, puis essuie la poussière qu' paraît s'y trouver. Elle se couche enfin et s'endort en ronflant. Ce ronflement prend des proportions énormes, au point d'attirer les voisins. On entend frapper.

UN CLIENT.

Mais voyons, ce n'est pas tolérable un tapage pareil!

(Appelant.) Madame! (Sans cesser de ronfler, elle lui donne un coup de poing sur la figure.) Aïe! (Cette scène peut se renouveler deux ou trois fois.) Mais ce n'est pas une dame, c'est une machine à vapeur. Comprend-on une chose pareille, moi qui ai passé la nuit en chemin de fer, j'arrive ici, et le propriétaire m'assure que la maison est tranquille! je vais chercher un bâton. (Il sort et revient aussitôt avec un bâton, il tape de toutes ses forces sur la tablette à côté de la tête de Mme Partrovive, qui ronfle toujours d'une façon scandaleuse.) Oh! ma foi, j'aime mieux quitter l'hôtel!

Il sort.

2me CLIENT, en chemise et avec un grand bonnet de coton sur la tête.

Ah! ça peut-on dormir ici, oui ou non?
Même jeu de Mme Partrovive. En se bois ant il lui chatouille le visage avec la mèche de son bonnet de coton, elle éternue d'une façon exagérée; cette scène peut également se prolonger, sans exagérer. Comme elle paraît se réveiller, il se sauve.

Mme PARTROVIVE.

Mais qu'est-ce qui me chatouille donc comme ça? El'e se tourne du côté opposé, par où rentre M. Perdrofin, et celui-ci regardant également les coulisses arrive en même temps quelle au milieu de la scène où ils se cognent brusquement et se retournent stupéfaits pour se voir.) Qu'est-ce que vous demandez, Monsieur?

PERDROFIN.

Madame, j'allais vous faire la même question. Qu'est-ce que vous demandez?

Mme PARTROVIVE.

Monsieur, ce n'est pas ça que je vous demande, je vous demande ce que vous demandez?

PERDROFIN.

Moi aussi, Madame!

Mᵐᵉ PARTROVIVE.

Monsieur, il est fort inconvenant de pénétrer ainsi chez une dame seule, aussi je vous prie de... (Elle lui fait signe de sortir.) Allons, allons dépêchons !

PERDROFIN.

Mais pardon, Madame, il y a erreur, je suis ici chez moi !

Mᵐᵉ PARTROVIVE.

Chez vous ! jamais de la vie, c'est moi qui suis chez moi !

PERDROFIN.

Vous vous êtes sans doute trompée d'étage, vous habitez peut-être au-dessus ou au-dessous.

Mᵐᵉ PARTROVIVE.

Pas du tout, la chambre 28.

PERDROFIN.

Justement la chambre 28, elle est à moi !

Mᵐᵉ PARTROVIVE.

Depuis quand s'il vous plaît ?

PERDROFIN.

Mais depuis vingt et quelques minutes.

Mᵐᵉ PARTROVIVE.

Eh, bien ! moi, Monsieur, je l'habite depuis vingt et un jours, je suis plus ancienne en date.

PERDROFIN.

Mais moi, je suis le dernier inscrit !

Mᵐᵉ PARTROVIVE.

Ça, par exemple, je m'en moque ! Vous allez me

faire le plaisir de sortir, n'est-ce pas, et que ça ne soit pas long.

PERDROFIN.

Ah ! Madame, permettez !

Mme PARTROVIVE.

Je vous permets de sortir, c'est tout ce que je peux faire pour vous. Vous ne voulez pas ?

PERDROFIN.

Pour sûr que non.

Mme PARTROVIVE.

Eh bien ! je vous dis que vous sortirez. (D'un vigoureux coup de tête, elle l'envoie rouler dans les coulisses où il disparait complètement.) C'est trop fort ça, on ne peut plus être tranquille chez soi maintenant. Et mon mari n'arrive toujours pas ! Comme c'est amusant d'attendre ainsi. (On entend frapper.) Allons, qui est-ce qui est là ?

AUGRATIN.

C'est moi, Madame !

Mme PARTROVIVE.

Allons qu'est-ce que vous voulez ?

AUGRATIN.

Je voulais dire à Madame, qu'après le départ de Madame, j'ai été obligé de louer cette chambre à un Monsieur.

Mme PARTROVIVE.

Il ne le fallait pas, vous avez eu tort !

AUGRATIN.

Mais Madame voudra bien comprendre cependant...

Mme PARTROVIVE.

Je comprends que je suis bien ici, cette chambre
me plaît, j'y suis et j'y reste.

AUGRATIN.

Je pourrais cependant pour arranger les choses
donner à Madame une chambre au-dessous.

Mme PARTROVIVE.

Je n'en veux pas!

AUGRATIN.

Beaucoup plus grande!

Mme PARTROVIVE. .

Je n'en veux pas!

AUGRATIN.

Je la compterais même moins chère !

Mme PARTROVIVE.

Je vous répète que je n'en veux pas!

AUGRATIN.

Alors je me vois forcé de dire à Madame...

Mme PARTROVIVE.

Ah! ça, voulez-vous me laisser tranquille. (Elle
saute sur lui et d'un coup de tête le lance dans la coulisse.)
Se figurent-ils que je suis une femme à me
laisser ainsi conduire par le bout du nez. Le premier qui se présente, je l'assomme. (On entend frapper.) Qui est là?

Mme AUGRATIN.

Mon mari ne s'est probablement pas bien expli-

qué, Madame, et vous n'avez sans doute pas dit
votre dernier mot.

Mme PARTROVIVE.

Tenez le voilà mon dernier mot. (Nouveau coup de
tête pour la lancer dans les coulisses.) Décidément je vais
faire un malheur, je ne céderai certainement pas
ma chambre, c'est que j'ai une tête moi, et quand
j'ai mis quelque chose dedans, ça y est bien! Je
vais aller voir si mon mari se décide à arriver, et si
je trouve quelqu'un dans ma chambre en rentrant,
je le tue!

Elle sort.

PERDROFIN.

Tiens elle n'y est plus cette dame, heureusement
pour elle, j'étais décidé à maintenir mes droits
énergiquement. Je viens de déjeuner, eh bien!
vrai, vous savez, il n'y avait là rien de bien extraordinaire, aussi je vais quitter cette maison, et
en chercher une autre.

Mme PARTROVIVE.

Ah! vous voilà Monsieur, je suis bien aise de
vous voir pour vous donner une heureuse nouvelle. Je pars, je quitte la maison, je viens de
recevoir une dépêche de mon mari par laquelle il
m'informe qu'il ne peut venir, donc, Monsieur,
vous pouvez vous installer à votre aise!

PERDROFIN.

C'est justement ce que je faisais, Madame!

Mme PARTROVIVE.

Soyez certain que sans cette circonstance nouvelle
je n'aurais pas cédé!

PERDROFIN.

C'est ce que nous aurions vu ! (Elle s'éloigne.) Eh bien ! moi aussi j'ai envie de m'en aller.

AUGRATIN.

J'espère que Monsieur est satisfait, et que ma cuisine a dû lui plaire ?

PERDROFIN.

Heu ! Heu !

AUGRATIN.

Il faudrait alors que Monsieur soit bien difficile, ou que ses goûts soient peu délicats.

PERDROFIN.

Ah ça ! dites donc vous, laissez donc mes goûts tranquilles, hein ! Je trouve votre cuisine fort ordinaire. Quant à votre vin, il est d'un plat !

AUGRATIN.

Dame ! Monsieur, quand on vient dans une ville d'eaux ce n'est pas je suppose pour altérer sa santé en se désaltérant avec du vin par !

PERDROFIN.

Oui, c'est bon, en voilà assez ! Allez me chercher ma note !

AUGRATIN.

Ah ! Monsieur le prend sur ce ton !

PERDROFIN.

Je le prends sur le ton qui me plaît !

AUGRATIN.

C'est bien, Monsieur, je l'ajouterai sur la note.

Si vous croyez que ça me fait quelque chose de vous donner votre note.

Allons dépêchons, hein !

C'est bien, Monsieur, j'y vais chercher votre note, je ne suis pas à une note près. Monsieur se figure peut-être que nous ne savons pas faire une note.

Sur un geste de colère de Perdrofin il se sauve.

Au contraire ; je suis persuadé que c'est ce que vous faites le mieux. Parfaitement, je vais aller voir autre part, il n'en manque pas d'hôtels dans le pays, mes bagages sont restés en bas, on n'aura pas la peine de les redescendre.

AUGRATIN, **il arrive avec une note d'une hauteur prodigieuse.**

Voilà la note de Monsieur.

PERDROFIN, **lui prenant la note des mains.**

Comment tout ça de papier, pour une demi-journée, vous ne regardez pas à la dépense vous !

Oh ! Soyez tranquille, c'est porté sur la note. Tenez, voyez-vous, papier de la note un franc vingt-cinq.

A la bonne heure, vous avez de l'ordre ! Voyons ce détail ! (Il repasse l'addition et s'arrête pour crier, ce qui fait tressaillir Augratin :) Et je retiens quatorze... (Même scène.) Et je retiens trente-deux. (Même scène.)

Et j'avance onze. Comment cent dix-huit francs quarante-cinq pour une demi-journée ?

AUGRATIN.

Oui, Monsieur, c'est mon plus juste prix. Quand une semaine est commencée on la paye tout entière !

PERDROFIN.

Tenez, mon ami, voilà toujours les quarante-cinq centimes. (Il sort et rentre avec un bâton.) Quant aux cent dix-huit francs, voilà un acompte, et je tiens le reste à votre disposition en même monnaie.

Il lui donne un coup de bâton sur la tête et se sauve.

AUGRATIN, se relevant.

En voilà un misérable ! Voilà ce que c'est que de recevoir chez soi des étrangers qu'on ne connaît pas. Nous devrions nous entendre, nous autres maîtres d'hôtels, pour ne recevoir dans nos maisons hospitalières que des gens munis de certificats délivrés par nous, après avoir fait subir à tous nos clients les plus pénibles épreuves. Au moins comme ça nous ne serions pas exposés à recevoir ainsi n'importe qui ! Je vais m'occuper de ça !

UN ÉLÈVE DENTISTE

COMÉDIE EN UN ACTE

PERSONNAGES

MM. BEAUGRILLÉ, dentiste.
BENJAMIN, son élève.
LE CONCIERGE.
SOUKADJI, ambassadeur de Madagascar.
BOUDADJA, ambassadeur de Madagascar.
FRIPONI.   idem.

Clients, clientes, etc.

UN ÉLÈVE DENTISTE

La scène se passe dans un salon.

BEAUGRILLÉ, il arrive, tenant un papier à la main.

Allons bon, il ne manquait plus que ça ! Je viens de recevoir une assignation pour aller comparaître au Palais de Justice, en qualité de témoin ; à dix heures, je vous demande un peu, c'est justement à cette heure où je reçois ma clientèle, et elle est forte ma clientèle, car depuis trois ans que je suis établi dans cette maison, jamais la foule n'a mis un empressement semblable, elle accourt de tous les côtés. Et justement aujourd'hui, c'est comme un fait exprès, j'attends les ambassadeurs de Madagascar, une clientèle superbe que j'ai su me faire ! Enfin, cet ordre est formel, je suis obligé de m'y conformer. Je vais confier ma maison à mon premier élève, le petit Benjamin, c'est un petit bonhomme un peu léger, un peu distrait, mais il est si intelligent qu'il saura probablement me remplacer. (Appelant.) Benjamin !

BENJAMIN.

Monsieur.

BEAUGRILLÉ.

Dites-moi, Benjamin ? Il faut que je m'absente, pendant une grande partie de la journée, peut-être. Par conséquent je vais vous confier ma maison.

10.

BENJAMIN.

Bien, M'sieur !

BEAUGRILLÉ.

S'il vient quelques clients, tâchez de les recevoir très convenablement, n'est-ce pas ?

BENJAMIN.

Oui, M'sieur.

BEAUGRILLÉ.

Et s'il y a quelques opérations à faire, ne soyez pas brutal. Faites-les avec un peu de douleur natu-rellement, mais enfin le moins possible.

BENJAMIN.

C'est entendu, M'sieur !

BEAUGRILLÉ.

Si ce soir je suis content de vous je récompen-serai ce service.

Il sort.

BENJAMIN, il se roule sur la tablette.

Par exemple, je me demande comment je m'y prendrai, moi qui n'ai jamais essayé d'arracher une dent ! (Appelant.) Ah ! dites donc, monsieur P'sit ! Il est bien temps, il est loin parbleu ; ainsi Mon-sieur est parti, il a emporté la clef de l'armoire où sont enfermés les instruments ! Comment faire ? Je ne peux pourtant pas arracher des dents avec les pincettes ! Oh ! après tout, j'ai bien tort de tant me tourmenter, je suis bien sûr qu'il ne viendra personne ; nous passons des journées entières sans recevoir un seul client, par conséquent j'espère bien qu'aujourd'hui il en sera de même, de cette façon je pourrai aller m'amuser un peu avec mes amis !

UN CLIENT.

Ah ! Oh ! Aïe ! Aïe ! Aïe !

Il s'étale sur la banquette.

BENJAMIN.

Allons bon, voilà un client, il ne manquait plus que ça ! (Au malade.) Monsieur souffre ?

LE CLIENT.

Ah ! Oh ! Ah ! Oh !

BENJAMIN.

Monsieur paraît se trouver dans un état qui n'a rien d'attrayant !

LE CLIENT.

Ah ! Monsieur le dentiste, si vous saviez comme je souffre. J'ai une dent qui me fait un mal. Oh ! la ! la ! la ! la !

BENJAMIN.

Attendez une minute, Monsieur, je suis à vous tout de suite, je vais chercher un instrument. (Le malade s'étale, Benjamin sort et revient aussitôt avec un bâton. A part.) Voilà tout ce que j'ai trouvé à la cuisine. (Haut.) Voyons, Monsieur ! (Le malade se lève.) Je vais vous guérir ! Seulement, pour que la douleur soit moins forte, je vais vous hypnotiser !

LE CLIENT.

Comment m'hypnotiser ?

BENJAMIN.

Oui, Monsieur, mettez votre tête là-dessus ! (Il le force à s'étendre sur la tablette, le client se relève plusieurs

fois et Benjamin le tenant par la tête lui dit :) Ne bougez donc
pas, Monsieur! (Le client finit par rester tranquille et Benjamin exécute sur lui des passes magnétiques exagérées.) Je
crois qu'il dort ce Monsieur. (Il s'approche, le client
ronfle d'une façon épouvantable, Benjamin se recule avec effroi.) Il dort même joliment bien ! Il s'agit maintenant de lui appliquer mon remède. Vous allez voir,
du reste comme c'est simple, c'est moi qui ai inventé
ça. C'est à la portée de toutes les bourses ! Lorsque
vous avez mal aux dents vous prenez une trique
comme celle-ci, vous présentez la joue malade, et
vous tapez sur la trique... non, pardon, c'est avec
la trique que vous tapez sur la joue malade ! De cette
façon, la circulation du sang se trouvant rétablie
par la violence du remède ; le mal cesse comme par
enchantement, la douleur disparaît entièrement, et
ne se reproduit jamais avant la prochaine crise. Je
commence, attention ! (Il frappe à coups redoublés sur la
tête du client qui reste insensible.) Ce Monsieur doit être
guéri, il s'agit maintenant de le réveiller. (Il dépose
son bâton et il exécute de nouvelles passes magnétiques. En
soufflant dessus, le client va se cogner sur le côté du théâtre,
Benjamin le rattrape au vol. Le client se ranime enfin, et se
relève tout doucement ; il paraît ahuri et cherche où il se
trouve.) Eh bien ! Monsieur, comment vous trouvez-
vous ?

LE CLIENT.

Ah! Monsieur le dentiste, c'est juste, pardon, je
n'y étais plus ! Mais je vous remercie, je me trouve
beaucoup mieux ! Seulement, je me sens la joue un
peu engourdie.

BENJAMIN.

Ça, Monsieur, ce n'est rien du tout, je sais ce que
c'est !

LE CLIENT.

Ah ! du moment que vous savez ce que c'est, c'est

le principal. Monsieur le dentiste, il me reste à vous remercier, au plaisir de vous revoir.

Il sort.

BENJAMIN.

Ben! et de l'argent. (Il sort pour courir après lui.) Hé! Monsieur, p'sit, ohé! Dites donc, et la monnaie que vous oubliez! (Il rentre presque aussitôt.) A-t-on jamais vu, ce Monsieur qui s'en allait sans me payer! Merci alors, eh! bien, et le commerce! Enfin, j'espère qu'il ne va plus venir personne, je devrais déjà être descendu pour jouer avec mes camarades. Profitons de ce moment de calme et filons vite. (Une dame entre en criant et se précipite sur la tablette en se tordant.) Allons, bon, encore une malade, il ne manquait plus que ça!

LA CLIENTE

Ah! Monsieur le dentiste, sauvez-moi! guérissez-moi! soulagez-moi!

Elle se roule encore en jetant de grands cris.

BENJAMIN.

Calmez-vous, Madame, attendez-moi, je vais chercher quelque chose!

Il sort.

LA CLIENTE.

Il y a longtemps que je voulais venir chez ce dentiste, mais je suis tellement douillette, tellement sensible, que je remettais toujours cette visite. Enfin m'y voici, c'est le principal! Ah! Ah!

Elle tombe en jetant de grands cris. Une autre cliente entre du côté opposé en criant également. Elles se roulent toutes les deux sans se voir et criant toujours.

LA 2me CLIENTE, elle se soulève pour dire.

Ah! que je souffre! que je souffre.

Elle retombe.

LA 1re CLIENTE, se soulevant également.

Tiens, cette dame, moi qui me croyais seule à faire ce tapage.

Elle retombe.

LA 2me CLIENTE, même jeu.

Tiens, cette personne, moi qui me croyais seule à faire tout ce bruit !

LA 1re CLIENTE, même jeu.

Quelle souffrance ! Quelle souffrance !

LA 2me CLIENTE, même jeu.

Oh ! madame, vous ne souffrez pas tant que moi !

LA 1re CLIENTE, même jeu.

Je vous demande pardon, Madame, je souffre davantage !

LA 2me CLIENTE, même jeu.

Madame, c'est impossible !

LA 1re CLIENTE, même jeu.

Cependant Madame, je le soutiens !

LA 2me CLIENTE, même jeu.

Eh bien ! moi Madame, je le maintiens !

LA 1re CLIENTE, même jeu.

Après tout, ça m'est bien égal, pourvu que je passe la première et que je parte !

LA 2me CLIENTE, même jeu.

Je vous demande pardon Madame, je passerai avant vous !

LA 1re CLIENTE, même jeu.

Jamais de la vie, je suis arrivée avant vous

LA 2ᵐᵉ CLIENTE.

C'est possible, mais je suis plus âgée, et votre devoir vous oblige à me céder la place.

LA 1ʳᵉ CLIENTE.

Ça, par exemple, je m'en moque un peu !

LA 2ᵐᵉ CLIENTE.

Qu'est-ce que vous dites, Madame ?

Elle lui donne un soufflet, une lutte terrible s'engage et n'est interrompue que par l'entrée subite de Benjamin, qui avec son bâton frappe à coups redoublés sur les deux clientes qui se sauvent en criant.

BENJAMIN, revient seul, il pose son bâton.

En voilà une clientèle ! qu'est-ce que c'est que ce monde-là ? A-t-on jamais vu un scandale pareil, dans une maison comme la nôtre ? Enfin elles sont parties, c'est le principal, moi je vais en faire autant. Allons bon ! voilà le concierge, décidément je ne pourrai pas m'absenter ! Il vient pour se faire soigner, peut-être, il n'y a pas de danger que je m'occupe de lui, il est trop méchant, chaque fois que je vais faire une niche à quelqu'un dans la maison il s'empresse d'aller dire que c'est moi.

LE CONCIERGE, il entre en se tenant la figure et en gémissant.

Oh ! mon petit Benjamin, mon ami, ayez donc la bonté de me donner quelque chose pour calmer ma douleur !

BENJAMIN.

Bien, monsieur le Concierge ! Attendez-moi un peu, nous allons voir ça, je vais vous chercher un matelas.

Il sort.

LE CONCIERGE.

Il n'est pas méchant, ce petit, il est jeune voilà tout !

BENJAMIN, il apporte un matelas qu'il étale sur la tablette.

Tenez, monsieur le matelas, voilà un petit concierge... non, je veux dire monsieur le Concierge, voilà un petit matelas ! Mettez votre jolie physionomie là-dessus, je suis à vous tout de suite.

Il sort.

LE CONCIERGE.

En effet, ça sera plus doux. (Il examine le matelas qui se recule tout seul. En faisant ainsi aller le matelas avec la main, on obtient un effet très comique du côté du public.) Mais qu'est-ce qu'il a donc, ce matelas ? On dirai un matelas à vapeur ! (Au moment où il va reposer sa tête dessus le matelas s'éloigne et il cogne sa tête sur le bois. Oh ! Aïe ! Aïe ! Cette scène peut se répéter deux ou trois foi. Il finit par s'étendre et pousse un grand soupir de satisfaction. Benjamin arrive tout doucement avec un papillon en papier au bout d'un fil de fer, et le fait voltiger sur la figure du concierge qui éternue, et se lève en bon dissant. Cette scène peut encore être répétée, mais il ne faut jamais trop abuser de ces répétitions.) Décidément, je crois que c'est Benjamin qui se moque de moi ! J'aime mieux attendre le retour de Monsieur, et avoir affaire à lui.

Il sort furieux.

BENJAMIN.

Ah ! le voilà parti, ce n'est pas malheureux. Il a joliment bien fait de s'en aller ! Certes non, je n'aurais pas voulu le soigner, je n'aurais eu qu'à manquer l'opération, il aurait été dire à tout le monde dans le quartier : Oh ! le petit Benjamin, c'est un petit ceci, c'est un petit cela. Comme ça au moins il ne dira pas de mal de moi. Enfin voyons, j'espère bien que je vais être seul à présent, et que je vais pouvoir profiter de ça pour me sauver. Parfaitement, une, deux, allons-y. (Au moment où il va pour s'élancer il se cogne sur un ambassadeur de Madagascar, et reste stupéfait.) Oh! qu'est-ce que c'est que ça?

SOUKADJI.

Krou sami bellé kafre, sinouji rosso papolo. Frimou zanda récoussif asni flimoussic.

BENJAMIN.

Ça, c'est bien possible, je ne vous dis pas le contraire.

SOUKADJI.

Férah briki missi silalou!

BENJAMIN, se tordant de rire.

Mais qu'est-ce qu'il raconte celui-là? En voilà une tenue, nous ne sommes pas en carnaval cependant! Ça doit être un charbonnier en retraite!

SOUKADJI.

Djikoussi pifé. Capoume!

BENJAMIN.

Beafsteack aux pommes! (Il se roule en riant.) Non je vois ce que c'est, c'est le concierge qui se venge, il aura dit au porteur d'eau : tenez, montez donc chez le dentiste, vous ferez peur au petit. (A l'ambassadeur.) Ah! mais au fait, vous avez peut-être mal aux dents.

SOUKADJI, faisant signe que oui.

Brif!

BENJAMIN.

Brif! Eh bien, on dit : brif tout de suite! Tenez, Mon-

11

sieur, voilà un matelas mettez votre jolie petite tête
là-dessus! (Soukadji tape sur le matelas, Benjamin fait comme
lui, et lui dit :) Soyez tranquille, Monsieur, c'est bien
rembourré, il y a des pains à cacheter et des noyaux
de pêches dedans. (Soukadji s'étend sur le matelas.) Il
s'agit maintenant d'opérer le nègre, ça doit être la
même chose que pour un blanc! (Il prend son bâton.)
Attention au commandement : une, deux. (Il lui
donne une quantité de coups sur la tête. Soukadji traverse
plusieurs fois la scène poursuivi par Benjamin qui le frappe
toujours. Il le poursuit jusque dehors et revient en disant :) Il
a de l'audace celui-là. Pour sûr que c'est le concierge qui se venge, aussi je vais le dire à Monsieur!
Non, jamais je ne pourrai sortir! Enfin je suis seul
encore une fois essayons. (Au moment de s'en aller il
se jette sur un deuxième ambassadeur de Madagascar.) Allons
bon en voilà encore un, ça c'est un ramoneur en
gros! Monsieur désire?

BOUDADJA.

Krossi bafayasse veri kram soukrophi beristam-
poul. Lakrissi mephabour assya!

BENJAMIN.

Ça c'est la même histoire, je vais opérer de la même
façon !

BOUDADJA.

Kribi bou fala si pif pif.

BENJAMIN, il prend l'ambassadeur par son manteau et l'en-
traîne, lui faisant traverser plusieurs fois la scène, criant :

Hu dada ! Hu dada !

Ils sortent en continuant ce manège, le répétant plusieurs fois.

BOUDADJA, rentrant seul, il parle avec fureur.

Froumi sapouja arla fene bibiaou !

BENJAMIN, entrant à ces derniers mots, et lui appliquant
des coups de bâton.

Je vais vous en donner du bibianou. (L'ambassadeur
se sauve, il le ponrsuit et revient seul.) C'est un tour du
concierge comme tout à l'heure. Enfin, patientons !
En attendant, je vais fermer la porte à clef pour
qu'il n'entre plus personne, et je sortirai par l'escalier de service. (Au moment où il s'élance pour sortir, il
tombe sur le troisième ambassadeur.) Oh! c'est trop fort,
en voilà encore un. Monsieur, j'ai bien l'honneur de
vous saluer. (Il s'incline. L'ambassadeur en fait autant
d'une façon exagérée, c'est-à-dire, qu'il pose le sommet de sa
tête sur la tablette, et ne bouge plus. Benjamin l'examine de
tous les côtés, et finit par faire comme lui. Il se relève de
temps en temps et voyant que l'ambassadeur ne bouge toujours pas, il se prosterne encore, lui faisant des niches, lui
chatouillant le cou, l'autre ne bouge toujours pas. Benjamin
finit par se relever complètement et dit :) En voilà une manière de dire bonjour, chez nous, ça ne se fait pas
comme ça, on dit tout simplement : Monsieur, ça
ne va pas mal, je vous remercie, et chez vous tout
le monde va bien ? (L'ambassadeur ne bouge toujours
pas.) Mais dites donc Monsieur, en avez-vous encore
pour longtemps ? (Même silence.) Hé, Monsieur! A
quelle heure que ça commence ? Oh! c'est trop
fort! (Il prend son bâton, et poursuit l'ambassadeur qui se
sauve en poussant des cris déchirants. Il revient seul.) Maintenant je suis tranquille, il n'en viendra certainement plus, j'ai fermé la porte à double tour! Oh!
sans ça, voyez-vous, j'aurais fait un malheur. S'il
s'en était présenté encore un, je l'assommais du
premier coup. Comme ça, tenez!
Il lance son bâton pour frapper sur la tablette, Beaugrillé rentrant à ce moment reçoit le coup sur la tête.

BEAUGRILLÉ.

Ah, ça ! Voyons qu'est-ce que vous faites ?

BENJAMIN.

Je vous demande pardon, Monsieur, je croyais que c'était un client!

BEAUGRILLÉ.

Comment, c'est comme ça que vous recevez les clients?

BENJAMIN.

Je vais vous dire, Monsieur, si vous aviez vu ceux qui se sont présentés ici, depuis cinq minutes, ça vous aurait joliment fait peur.

BEAUGRILLÉ.

Comment, ils m'auraient fait peur, pourquoi ça?

BENJAMIN.

Mais, Monsieur, il est venu des clients qui avaient des têtes toutes noires!

BEAUGRILLÉ.

Je le sais bien, ce sont les ambassadeurs de Madagascar! Comment, vous les avez reçus à coups de bâton?

BENJAMIN.

Et je les ai même bien appliqués. Dame! Monsieur, je ne savais pas, vous ne m'avez pas prévenu!

BEAUGRILLÉ.

C'est vrai, je n'y ai plus pensé! Et à part ça, est-il venu d'autres clients?

BENJAMIN.

Oh! il en est venu deux ou trois mauvais!

BEAUGRILLÉ.

Enfin, c'est bien, une autre fois quand les princes reviendront, vous ferez plus attention, n'est-ce pas!

BENJAMIN.

Soyez tranquille, Monsieur, maintenant que je suis prévenu.

Il prend son bâton pour s'en aller, en se retournant il attrappe Beaugrillé en pleine figure, et il sort.

BEAUGRILLÉ.

Voyons faites donc attention! (Seul.) Enfin, je vais aller trouver ces pauvres princes, je vais leur présenter mes excuses! Dorénavant quand j'aurai besoin de m'absenter, je prendrai mieux mes précautions! Oh! quelle fatalité.

Le rideau tombe.

LE GRAND JACQUES

COMÉDIE EN TROIS ACTES

PERSONNAGES

MM. JACQUES.
   FRIDOLIN, son frère.
   NARCISSE, fils de Fridolin.
   BAVASSON, avocat.
   POUCHET.
   LE PETIT PIERRE.
   GRAPONOT.
   RAFOUILLAC.

Mmes FRIDOLIN.
   SARAH, vieille négresse.

   Domestiques, paysans, paysannes, garde champêtre.

LE GRAND JACQUES

ACTE PREMIER

La scène représente l'intérieur d'une maison campagnarde.

FRIDOLIN, seul.

Non, je ne le vois pas venir! Oh! c'est épouvantable! Quelle situation! Quand on pense que tout marchait si bien, mes petites affaires prospéraient d'une façon merveilleuse, et patatrac, voilà tout menacé à cause de ce maudit procès. Enfin, il n'est pas encore perdu, mais c'est égal, j'ai peu d'espoir. Maître Bavasson, mon avocat, est au tribunal, il m'a promis de m'apporter le résultat de l'affaire aussitôt qu'elle serait jugée! Ah! si malheureusement je perds, c'est la ruine complète pour moi, la risée de tout le pays!

PETIT PIERRE, ne passant que sa tête.

Ça serait joliment bien fait pour vous, par exemple!

Il se cache.

FRIDOLIN.

Qu'est-ce que vous dites, misérable?

Il sort du côté opposé.

PETIT PIERRE.

Ce pauvre papa Fridolin, en effet, il ne l'aurait

11.

pas volée sa ruine, il en a mis tant d'autres dans la misère, qu'il ne serait pas mauvais de le voir à son tour tirer la langue. Oh! le voilà qui revient.

Il se cache.

FRIDOLIN.

J'ai beau regarder sur la route, je ne vois rien venir, rien, rien, rien! Si un malheur pareil m'arrive, je ne fais ni une ni deux, je me pends !

PETIT PIERRE, caché.

Oh! ce que vous seriez vilain étant pendu!

FRIDOLIN.

Mais où donc est-il ce misérable ?

Il cherche partout.

PETIT PIERRE, même jeu.

Pas par ici, de l'autre côté... plus haut!

Il le chatouille et se sauve.

FRIDOLIN.

C'est encore ce gamin-là tenez, toujours le même ! Je vais encore voir si mon avocat arrive.

Il sort.

LE GARDE CHAMPÊTRE, il entre avec Pouchet.

Tiens, monsieur Pouchet, vous avez affaire avec monsieur Fridolin, vous ?

POUCHET.

Ça vous étonne mon brave Mathurin ?

LE GARDE CHAMPÊTRE.

Un peu, monsieur Pouchet, car je sais que vous n'êtes pas dans le besoin, et ordinairement ceux qui viennent ici sont déjà entrés en relations avec la gêne.

POUCHET.

Vous voulez dire que le père Fridolin fait toujours l'usure ?

LE GARDE CHAMPÊTRE.

Parfaitement, il s'enrichit avec la dépouille de ses victimes, mais voyez-vous, pour moi ça n'a qu'un temps ces fortunes amoncelées avec le bien des autres, et inondées par tant de larmes.

POUCHÉT.

Mon cher Mathurin, le sujet qui m'amène ici est tout différent. Il s'agit tout simplement du mariage de ma fille avec le fils du père Fridolin, le petit Narcisse, et je crois que personne ne trouvera à redire à cette union !

LE GARDE CHAMPÊTRE.

Oh! pour ça non, monsieur Pouchet, car si le père Fridolin est détesté dans le village, et s'il y possède une mauvaise réputation, son fils, au contraire est aimé par tout le monde. Il est évident qu'il n'y a aucun rapport entre les deux caractères, c'est le jour et la nuit, et je suis certain que ce pauvre Narcisse doit bien souffrir des affronts si souvent prodigués à son père. Vous m'excuserez, monsieur Pouchet, si j'ai été indiscret, mais vous savez, moi, je suis un peu bavard !

POUCHET.

Mais du tout, mon excellent Mathurin, au contraire, je voudrais même vous adresser une question.

LE GARDE CHAMPÊTRE.

Faites donc, monsieur Pouchet, je vous en prie !

POUCHET.

Comme vous êtes né dans le pays, vous en connaissez toute l'histoire. Savez-vous si vraiment le père Fridolin a eu un frère autrefois ?

LE GARDE CHAMPÊTRE.

Certainement, le grand Jacques.

POUCHET.

Est-ce qu'il est mort ?

LE GARDE CHAMPÊTRE.

Non pas, du moins on n'en sait rien ! Il a quitté le pays il y a trente ans, et jamais il n'y est revenu. Ah ! c'était un digne homme aussi celui-là, je crois, du reste, que son neveu tient de lui. Il n'avait jamais su se faire un ennemi, et tout ce qu'il possédait, passait à secourir les malheureux. Vous voyez quelle différence avec celui-ci !

POUCHET.

En effet !

LE GARDE CHAMPÊTRE.

Allons ! je vous quitte, monsieur Pouchet, à tantôt !

Il sort.

POUCHET.

Au revoir, Mathurin ! C'est vrai tout de même, il jouit d'une singulière renommée ce père Fridolin. Enfin ! Tiens, le voilà !

FRIDOLIN, il entre sans voir Pouchet.

J'en ferai une maladie, c'est certain ! Tiens, c'est vous, monsieur Pouchet, qu'y a-t-il pour votre service ?

POUCHET.

Mais, monsieur Fridolin, il y a le même sujet qui nous occupe depuis assez longtemps, et que je voudrais bien voir terminé!

FRIDOLIN, toujours inquiet regardant de l'autre côté.

Quel sujet?

POUCHET.

Comment quel sujet? Vous plaisantez, n'est-ce pas? Il me semble que c'est assez sérieux! Il s'agit du bonheur de nos deux enfants, et vraiment vous y mettez une insouciance.

FRIDOLIN.

Quels enfants?

POUCHET.

Ah, ça! Voyons, à quand fixons-nous le jour de leur mariage?

FRIDOLIN.

Oh! mon ami, je n'ai pas le temps de m'occuper de ça aujourd'hui, j'ai une poule qui est malade!

POUCHET.

Allons donc! ne plaisantez pas comme ça! J'ai absolument besoin d'être fixé, depuis trop longtemps déjà vous me faites attendre, et je ne veux pas que les conversations circulent plus ouvertement sur ce mariage.

FRIDOLIN.

Ce soir, mon brave ami, nous causerons de cette affaire; d'ici là il m'est impossible de vous donner une réponse définitive, je suis tracassé en ce moment par un événement qui surgit dans mon existence, et qui me cause une grande inquiétude !

POUCHET.

Enfin à ce soir, c'est entendu, mais je vous préviens que c'est le dernier délai !

FRIDOLIN.

C'est bien entendu, à ce soir. (Pouchet sort.) Je vous demande un peu, comme si j'avais le temps de m'occuper d'une plaisanterie pareille !

SARAH, elle entre doucement et vient se placer derrière Fridolin, qui ne l'ayant pas vue entrer, fait un bond en lui entendant dire.

Donnez-moi quelque chose monsieur Fridolin !

FRIDOLIN.

Allons donc, veux-tu te sauver, sorcière de malheur ! Je t'avais défendu d'entrer ici, sors vite, ou je te chasse à coups de bâton !

SARAH.

Donnez-moi seulement un morceau de pain ?

FRIDOLIN.

Jamais de la vie ! je n'en donne même pas à mon chien, ce n'est pas pour t'en donner à toi.

SARAH.

Mauvais cœur ! Ça vous portera malheur, allez, vous verrez ça !

Il se précipite sur elle, elle se sauve et lui échappe.

FRIDOLIN.

Mais oui, c'est entendu, vous me l'avez déjà dit plusieurs fois. Décidément tout le monde s'en mêle.

JACQUES.

Ah! le voilà, c'est bien lui!

FRIDOLIN.

Allons bon! encore un mendiant! Qu'est-ce que vous voulez?

JACQUES.

Comment, tu ne me reconnais pas ?

FRIDOLIN.

Ah! ça! dites donc, à qui parlez-vous ?

JACQUES.

Mais à toi, mon excellent frère! Comment tu ne reconnais pas le grand Jacques ?

FRIDOLIN.

Le grand Jacques, ma foi, non, à peine si je me souviens de vous !

JACQUES.

Il est vrai qu'il y a bien longtemps que nous nous sommes vus, il y a trente ans que j'ai quitté le pays !

FRIDOLIN.

Et d'après ce que je vois, suivant votre tournure, la fortune ne vous a pas fait risette !

JACQUES.

Si, des fois, souvent même! Seulement j'ai eu des revers, trop bon cœur, dit-on, ça nuit, c'est vrai, mais ça laisse d'heureux souvenirs, et c'est une consolation.

FRIDOLIN.

Si ça vous suffit, tant mieux, et maintenant que comptez-vous faire?

JACQUES.

Je vais chercher de l'ouvrage, malgré mon âge, je suis robuste !

FRIDOLIN.

Et vous comptez rester dans le pays?

JACQUES.

Peut-être ! Enfin, voilà vingt-quatre heures que je marche sans m'arrêter, pour avoir le plaisir de t'embrasser plus tôt !

FRIDOLIN.

Oh! vous auriez pu modérer vos transports, je ne vous attendais pas avec la même impatience.

JACQUES.

Enfin me voilà et...

FRIDOLIN.

Quand partez-vous ?

JACQUES.

Oh! bientôt sans doute, donne-moi toujours un morceau de pain et un verre d'eau?

FRIDOLIN.

De l'eau, on en fabrique à la source, quant au pain il est très recherché cette année, c'est un produit rare, et nous le gardons pour nos besoins!

JACQUES.

D'après ce que je vois, tu ne me retiens pas avec frénésie !

FRIDOLIN.

Et j'espère même que vous ne serez plus là lorsque je rentrerai.

Il sort.

JACQUES.

A la bonne heure, voilà de l'amour fraternel, ou je ne m'y connais pas. Eh! bien, c'est entendu, je vais partir, je trouverai autre part de meilleurs cœurs, il ne faut jamais désespérer dans la vie !

Mme FRIDOLIN.

Qu'est-ce que c'est que ça? Que demandez-vous?

JACQUES.

N'êtes-vous pas madame Fridolin ?

Mme FRIDOLIN.

Sans doute, et puis après ?

JACQUES.

Enchanté de faire votre connaissance, ma chère belle-sœur, voulez-vous me permettre de vous embrasser.

Mme FRIDOLIN.

Jamais de la vie ! Comment c'est vous, et dans quel état, Seigneur !

JACQUES.

Dame, j'ai un tailleur qui suit la dernière mode, seulement il est mort il y a vingt ans et il ne m'a jamais habillé depuis. Vous n'auriez pas quelque chose à me donner pour manger.

Mme FRIDOLIN.

Adressez-vous à la mairie, comme tous les vaga-bonds.

Elle sort.

JACQUES.

Les deux font bien la paire ! Allons donc, partons,

oublions ces vilaines gens; mon étoile n'est pas
éteinte peut-être, et elle me donnera encore je l'espère, quelques meilleurs instants que ceux que je
viens de passer dans cette maison qui m'a vu
naître, et qui me revoit si malheureux.

Il tient sa tête dans ses mains.

NARCISSE.

Mon pauvre oncle! Oh! pardon, j'ai entendu
comme mes parents vous ont traité.

JACQUES.

Quoi mon ami, vous êtes le fils de mon frère, et
il ne m'a même pas parlé de vous?

NARCISSE.

Il faut lui pardonner, il a tant d'affaires en tête,
mais c'est égal, il a été bien cruel envers vous.
Voyons, mon oncle, écoutez-moi, je vais vous proposer quelque chose. Ne partez pas, je veux que
vous restiez ici. J'ai entendu dire trop de bien de
vous pour que je ne me fasse pas un devoir de
vous venir en aide.

JACQUES.

Pauvre ami, ça me fait du bien de voir qu'il y a
encore un bon cœur dans la famille.

NARCISSE.

Comme je dois me marier prochainement avec
Arthémise, la fille à monsieur Pouchet l'instituteur,
je vais aller demander à cet excellent homme, s'il
veut consentir à vous recevoir chez lui, et comme
il est plus que certain qu'il acceptera, vous y res-
terez jusqu'à l'époque de mon mariage, ensuite, je
vous installerai chez moi. Attendez-moi, n'est-ce
pas, dans deux minutes je vous rendrai réponse.

JACQUES.

Cher petit!... si je pouvais unjouravoirlebonheur de te prouver ma reconnaissance, je n'aurais plus rien à désirer sur la terre ?

NARCISSE.

A tout à l'heure, mon cher oncle, attendez-moi!

Il sort.

JACQUES.

Attendons, si je peux réussir à me fixer dans mon pauvre pays jusqu'à la fin de mes jours, j'en serai bien aise !

SARAH.

Mon pauvre Jacques, mais oui, c'est lui ! Oh ! que je suis heureuse !

JACQUES.

Tiens! te voilà, ma pauvre Sarah? Dans quel état es-tu donc pauvre amie?

SARAH.

Dans la misère, mon pauvre Jacques ! Je vis de charités, je mendie un peu de pain à droite et à gauche, souvent repoussée, insultée même, je souffre toutes sortes d'humiliations.

JACQUES.

Mais tu n'es donc plus au château?

SARAH.

Depuis quinze ans, mon ami, le château est abandonné!

ACQUES.

Comment ça ?

SARAH.

Le Comte est mort à cette époque!

JACQUES.

Monsieur le Comte est mort! Eh bien, et son fils?

SARAH.

Mort deux ans avant lui!

JACQUES.

Comment ce pauvre enfant ?

SARAH.

Hélas oui, mon pauvre Jacques, ce jeune homme
que tu avais sauvé dans le lac est mort à la suite
d'une terrible maladie. Enfin, que veux-tu? Parlons
de toi, mon cher Jacques. Le Comte avant de mourir
m'a chargée d'une mission pour toi, et certes, je
n'espérais plus pouvoir la remplir. Mais te voilà,
j'en suis bien heureuse, je vais pouvoir obéir à son
dernier commandement.

JACQUES.

Comment s'agit-il de moi?

SARAH.

C'est une lettre qu'il m'a donnée en me disant :
Sarah, j'espère que le grand Jacques reviendra
bientôt, dans tous les cas, tu pourras avoir de ses
nouvelles. Remets-lui au plus tôt cette lettre !
Malheureusement je n'ai jamais pu en obtenir, de
tes nouvelles, malgré toutes mes démarches.

JACQUES.

Et cette lettre ?

SARAH.

Elle est dans ma chaumière, là-haut sur la montagne des Roches noires. Je t'attendrai ce soir, et je te remettrai cette précieuse commission, qui je l'espère autant que je le souhaite, mon vieil ami, contiendra de quoi t'affranchir de la misère et te donnera la récompense que mérite ton excellent cœur.

JACQUES.

C'est entendu, ma bonne Sarah, j'irai !

SARAH.

Et moi je me sauve, car si Fridolin me trouvait encore ici, il m'assommerait. Adieu !

JACQUES.

A ce soir ! (Elle sort.) Que pouvait-il me vouloir ce pauvre comte ? Il s'agit sans doute d'une récompense en mémoire du sauvetage de son cher enfant. Digne et excellent homme !

NARCISSE.

Mon oncle, c'est entendu, comme je le prévoyais du reste, monsieur Pouchet accepte avec plaisir. Il y a chez lui une petite chambre toute prête à vous recevoir.

JACQUES.

Allons ! décidément, on dirait que le destin change ses dispositions à mon égard, ma foi il me doit bien ça ! C'est toi, cher enfant, qui a fait jaillir cette lumière nouvelle. Ah ! puissent ses éclats pénétrer en ton cœur, et te faire partager avec moi le bien-être que je crois apercevoir, et que la Providence envoie aux gens de bien pour réparer le mal fait par l'in-

justice des hommes. Partons, cher enfant, je suis
tes pas!

Ils sortent.

FRIDOLIN.

Heureusement que mon fils l'emmène! Ah, ça!
ils vont donc se donner tous rendez-vous ici ces
bohémiens ! Oh! j'aperçois maître Bavasson, mon
avocat. Je vais donc enfin connaître mon sort.
(Maître Bavasson fait son entrée rapidement et se trouve
pris par une quinte de toux prolongée; son impossibilité de
parler exaspère Fridolin.) Calmez-vous, maître Bavasson, essayez au moins de me faire comprendre...
(Chaque fois que Bavasson va pour parler, une nouvelle toux
l'empêche de prononcer un seul mot.) Mon ami, voyez
dans quel état je suis. Je bous, je bous, je bous
d'im... Je bous d'im... je bous d'impatience !

BAVASSON.

Ah ! mon pauvre monsieur Fridolin !

FRIDOLIN.

Mais quoi donc, vous me faites peur !

BAVASSON.

Ah ! Ah ! Ah !

FRIDOLIN.

Vous m'effrayez, dites-moi la vérité. J'ai perdu,
n'est-ce pas ?

BAVASSON.

Ouiiiii !...

FRIDOLIN.

Ah !

Il tombe sur le dos.

BAVASSON.

Que voulez-vous, monsieur Fridolin, il faut en prendre votre parti !

FRIDOLIN.

Parbleu, vous êtes bon, vous ! En prendre mon parti ! Vous croyez qu'il est facile d'apprendre ainsi sa ruine, sans éprouver un frémissement dans les moelles !

BAVASSON.

Sans doute, mais ça n'avance rien ! Quand vous serez là à vous lamenter comme un canard enrhumé du cerveau !

FRIDOLIN.

Oh ! c'est bien fini, je suis perdu ! Vous ne savez donc pas qu'il ne me reste plus que trois francs soixante-quinze pour finir mon existence !

BAVASSON.

Oh ! vous êtes si sobre !

FRIDOLIN.

Je ne peux pas vivre absolument, qu'avec de l'eau. Ah ! que je suis malheureux ! Mais vous m'avez mal défendu, c'est impossible autrement !

BAVASSON.

Allons donc ! vous savez bien que votre adversaire avait tous les atouts en main.

FRIDOLIN.

Vous n'aviez qu'à tricher un peu !

BAVASSON.

Du courage ! monsieur Fridolin ; vous êtes assez intelligent, vous saurez vous relever. Adieu !

Il sort.

FRIDOLIN.

La sorcière m'a prédit du malheur ! J'ai repoussé mon frère ! A présent je n'en ai pas plus que lui, mais je suis plus fier, et un homme comme moi ne doit pas s'incliner. Moi vivant personne ne connaîtra ma ruine, après comme après, les autres s'arrangeront, je vais me jeter dans le lac.

Il sort.

DEUXIÈME ACTE

La scène représente un bois dans une montagne

PETIT PIERRE.

Ça par exemple, je ne le souffrirai pas! J'ai entendu le père Fridolin qui disait qu'il était ruiné, et qu'il allait se suicider! Pauvre homme, il est vrai que je ne l'aime pas, mais je ne veux pas qu'il exécute un semblable projet, c'est trop dangereux. Oh! le voilà!

Il se cache.

FRIDOLIN.

Ma résolution est prise et bien prise! Demain il ne restera de moi qu'un vague souvenir dans l'esprit de ceux qui m'auront connu.

PETIT PIERRE, caché.

C'est pas ça qui leur tiendra bien chaud.

FRIDOLIN.

Comment, il me poursuit jusqu'ici, ce monstre? Je ne peux même pas me suicider tranquillement?

PETIT PIERRE, caché, ne montrant que sa tête.

Voulez-vous que je vous aide?

FRIDOLIN.

Je préfère ne pas répondre! Voyons, réfléchissons bien. Ma ruine est connue de tout le monde, maintenant; je ne peux donc pas redescendre au village sans m'exposer à être montré au doigt par tous mes voisins.

12

PETIT PIERRE, ne montrant toujours que sa tête.

Mais, c'était déjà comme ça, avant !...

FRIDOLIN.

Oh ! le malheureux, mais où donc se cache-t-il ?
Allons bon, voilà mon frère ! Je suis sûr qu'il m'a
suivi pour me narguer ! Il a dû apprendre mon
malheur, et pour se venger il va me torturer ! Aussi
je vais bien me tenir, et je lui ferai voir qu'il y a
dans ma cervelle de quoi soutenir ma vieille réputation d'homme énergique !

JACQUES.

Te voilà, mon pauvre Fridolin, je te cherchais
partout.

FRIDOLIN.

Et pourquoi, je vous prie ?

JACQUES.

Mais pour te consoler.

FRIDOLIN.

Me consoler ? A propos de quoi ?

JACQUES.

Ne sois pas si fier, Fridolin. Je connais ton malheur, je viens franchement me jeter dans tes bras
et te dire : frère, prenons la vie telle qu'elle se présente, ne nous décourageons pas. Travaillons
ensemble, tu es plus sérieux que moi, je suis plus
fort que toi, ce sont des qualités différentes avec
lesquelles nous pouvons encore espérer trouver
une fin d'existence calme et heureuse.

FRIDOLIN.

Allons donc. vous êtes fou ! Moi, m'associer avec

un vagabond de votre espèce, mais j'aimerais mieux mourir cinquante-deux fois ! Et puis après tout, je ne m'explique pas vos alarmes ; qu'y a-t-il donc de changé dans mon existence ? Pour une perte que je viens de subir vous croyez que je suis perdu pour ça ? Jamais, Monsieur, dans quelques jours, grâce à l'obligeance de bons amis, mes affaires remarcheront de plus belles.

JACQUES.

De bons amis ? Mon pauvre Fridolin, tu peux en chercher, je t'y engage, et si tes démarches sont vaines, souviens-toi qu'il y en a deux auxquels tu pourras toujours t'adresser sans craindre d'être repoussé.

FRIDOLIN.

Et vous les nommez ?

JACQUES.

Ton fils, et ton frère !

FRIDOLIN.

Ah ! Permettez-moi de m'offrir un instant de douce hilarité !

Il sort.

JACQUES.

Mon pauvre frère, sa fierté fera sa perte, c'est un mal contre lequel il n'y a pas de remède. C'est bien ici que Sarah m'a donné rendez-vous à six heures, elle ne peut tarder. Ah ! la voilà !

SARAH.

Tu m'attendais, mon pauvre Jacques ?

JACQUES.

Sans impatience, Sarah, sois-en convaincue !

SARAH.

Ah! c'est que je n'ai plus ma vigueur d'autrefois!
Lorsqu'il fallait descendre à la ville, c'était un jeu
pour moi ; mais à présent, avec les années qui pè-
sent sur ma tête, et la fatigue qui brise mes jambes, je ne suis plus bien vive.

JACQUES.

Pauvre amie, sois tranquille, je te soutiendrai
un peu, moi!

SARAH.

Brave Jacques va, tu as toujours ton excellent
cœur.

JACQUES.

Si je n'ai que ça de bon, je tâche de le conserver.
C'est mon seul trésor, avec une santé parfaite
comme celle que Dieu m'a donnée, ça vaut des ri-
chesses, Sarah, aussi je n'envie le bonheur de personne, et je me trouve l'homme le plus heureux de
la terre!

SARAH.

Je ne sais si je me trompe, Jacques, mais j'ai un
pressentiment. Il me semble qu'un grand évènement va surgir. Je crois apercevoir planer sur ce
pays si sombre depuis longtemps une clarté nouvelle.

JACQUES.

Tu rêves, Sarah!

SARAH.

Non, certes! En attendant, viens dans ma pauvre cabane, pour que je te remette la lettre du
Comte.

JACQUES.

Soit, partons, je ne serais pas fâché, en effet, de recevoir un dernier ordre de ce digne homme.

SARAH.

Eh bien, achevons de monter la colline, jusqu'au rocher noir.

Ils s'éloignent.

FRIDOLIN.

Je n'ai pas pu entendre un mot de leur conversation. Voyez-vous ces deux bohémiens, ils préparent sans doute quelques méchants complots. Si je les dénonçais à la justice ! Non, au fait je n'ai pas le temps de m'occuper de ça, il faut que je me suicide. Comment vais-je m'y prendre pour ce genre d'opération ? Ce n'est pas si facile que vous le pensez, allez, vous verrez ça quand vous vous en occuperez pour vous. Quand on en a l'habitude, ça va peut-être tout seul, mais la première fois, on est gêné ! Allons, du courage, je vais me précipiter dans le lac qui est en bas ! Une, deux...

PETIT PIERRE, ne montrant que sa tête.

Et trois, allez-y !

FRIDOLIN.

Aïe ! Aïe ! Aïe ! Oh ! qu'elle frayeur j'ai eue ! Je croyais que j'étais déjà dans le lac !

PETIT PIERRE, toujours caché.

Ça aurait fait rire les poissons.

FRIDOLIN.

C'est encore ce petit bonhomme qui vient me tourmenter. (Petit-Pierre vient tout doucement par derrière le chatouiller avec une paille. Fridolin éternue plusieurs

12.

fois d'une façon excentrique.) Décidément je m'enrhume.
le fait est que le temps est bien mauvais, si on se
suicidait avec une température comme ça, on serait
dans le cas d'en faire une maladie.

PETIT PIERRE, *se montrant à peine.*

Vous avez parfaitement raison, monsieur Rococo!
Fridolin se précipite sur lui. La scène reste vide.

JACQUES, *il entre avec Sarah et tient un papier à la main.*

Pas un mot de ceci à qui que ce soit, Sarah, il
nous faut observer la plus grande prudence.

SARAH.

Sans doute, mais ce chemin nouveau qui passe
si près du rocher noir est assez fréquenté. Comment faire pour opérer un semblable travail sans
attirer l'attention des passants?

JACQUES.

Ça c'est un détail, je trouverai bien un moyen
quelconque pour sortir cette fortune?

SARAH.

Cette fortune? Ta fortune veux-tu dire, car elle
est bien à toi, nul ne peut t'en contester la propriété!

JACQUES.

Sans doute, avec cette lettre du comte je n'aurais
pas besoin d'employer tant de mystères, mais je
veux que tout le monde ignore ce miraculeux chan-
gement de position. De cette façon, je conserverai
bien mieux mon indépendance. Je m'amuserai à
m'introduire chez les riches du village, pour avoir
le plaisir de m'en faire chasser, et les étonner par
l'audace que me procurera ma fortune. Ah! certes,

je vais bien rire, c'est bien le cas de dire : je vais
m'en donner pour mon argent.

SARAH.

Tu vois que mes pressentiments ne me trompaient
pas.

JACQUES.

Mais non, en effet ! Pauvre comte, quelle reconnaissance m'a-t-il gardée pour une action si simple. Ainsi depuis si longtemps, cette fortune est
enfouie par lui à cette même place, où autrefois je
l'aidais à cacher quelques valeurs, lorsqu'il partait en
voyage. Mais alors ces rochers faisaient partie de
l'enclos du château, tandis qu'aujourd'hui, au milieu de ces ruines, ce coffret formidable se trouve
livré à tous les effets du hasard. Eloignons-nous,
Sarah, j'ai mon idée, demain je commencerai mon
travail et en peu de temps mon trésor sera en lieu
sûr, et à l'abri de tout danger. Avec le peu d'argent
que je viens de prendre et celui que j'ai caché dans
ta cabane, Il y a déjà de quoi commencer nos sur-
prises.

**Ils s'éloignent. Deux paysans paraissent et cherchent quel-
qu'un.**

GRAPONOT.

Je vous dit, compère, qu'il est par ici, on l'a vu !
Ah ! le misérable! Ah ! le voleur! Ah! le scélérat !

RAFOUILLAC.

Quand on pense qu'il me fait perdre deux mille
écus !

GRAPONOT.

Et à moi quatre mille, juste le double, aussi mon
intention bien arrêtée est de lui briser les reins pour
commencer.

RAFOUILLAC.

Et si ce monstre ne me règle pas, je lui casse la tête ! Tenez j'aperçois une ombre qui gigote derrière les taillis, ça me fait l'effet d'être la mesure de son corps. Allons-y chacun de notre côté, voisin, à nous deux, nous l'attraperons bien, et nous lui frictionnerons les côtes avec de l'alcool de rotin !

Ils s'éloignent.

FRIDOLIN.

Ah! là! là! Ils ont perdu ma trace! Pour sûr, ils vont m'assommer si je tombe entre leurs mains. Oh! voilà encore mon frère, décidément je suis entouré d'ennemis, je ne sais plus de quel côté diriger mes pas.

Il s'éloigne.

JACQUES.

C'est lui qu'ils poursuivent, je m'en doutais! Allons, allons, voilà le moment de nous montrer.

GRAPONOT.

Disparu le coquin, ça ne fait rien, je le rattraperai bien.

JACQUES.

Après qui donc en avez-vous, voisin?

GRAPONOT.

Tiens, vous voilà vous, grand diable! On n'a du moins à vous reprocher que votre misère à vous!

JACQUES.

Ah ça! dites donc, mon cher, je crois que ma misère ne vous a jamais rien coûté !

GRAPONOT.

C'est possible, mais on ne peut pas en dire autant de toute votre famille !

JACQUES.

Et que vous doit-elle ma famille ?

GRAPONOT.

Mais la coquine me fait perdre quatre mille écus !

JACQUES.

Si vous n'êtes pas plus convenable, pour vous apprendre la politesse et les convenances, je vous brise la tête sur ce rocher ! (Il s'approche de lui, le paysan s'incline avec crainte.) Attendez-moi ici, sans bouger surtout, dans deux minutes je suis à vous.

Il s'éloigne.

GRAPONOT.

Il m'a fait peur ce grand bandit ! Parbleu, ça me serait difficile de m'éloigner d'ici, j'ai ma paire de jambes qui tremble comme des échalas mal plantés ! En voilà des gens dangereux, ça ne compte pas comme habitants dans un pays ça, ce sont des fléaux qui s'y installent pour le malheur du pauvre monde. Non, mais c'est qu'il se figure que je vais l'attendre là, plus souvent...

JACQUES, il apporte un sac d'argent qu'il donne au paysan.

Tenez voilà les quatre mille écus que vous doit mon frère !

GRAPONOT.

Comment ça ? Les quatre mille écus qui... qui... que... que !...

JACQUES.

Allons c'est bon, filez maintenant, vous avez votre affaire, débarrassez-moi de votre présence, c'est tout ce que je vous demande.

GRAPONOT.

Merci, Grand Jacques, je savais bien que vous êtes un brave cœur. Vous savez quand vous passerez devant la maison ne craignez jamais d'entrer surtout à l'heure des repas, il y aura toujours une croûte de pain et une saucisse à votre disposition. Au revoir, Grand Jacques, à bientôt et merci encore !

Il s'éloigne.

JACQUES.

En voilà déjà un qui m'offre de la nourriture ! Ça fait bien voir que lorsque l'on n'a plus besoin de rien on est sûr de trouver ce qu'il vous faut !

RAFOUiLLAC.

Mon Grand Jacques, je viens de rencontrer Graponot, et il m'a dit que vous aviez eu la bonté de payer la dette de votre frère !

JACQUÊS.

Et alors, qu'est-ce que cela peut vous faire?

RAFOUILLAC.

C'est que, mon Grand Jacques, j'avais confié également deux mille écus à votre brave, digne et excellent frère, et que pour moi c'est une perte qui...

Il pleure d'une façon ridicule.

JACQUES.

Ne pleurez pas comme ça, vous allez effrayer les chouettes. Demain matin à la première heure; je vous porterai cette somme.

RAFOUiLLAC.

Vous ne pourriez pas me donner ça tout de suite?

parce que j'ai besoin d'acheter une boîte de sardines avant de rentrer à la maison.

JACQUES.

J'ai dit demain à la première heure, si vous m'ennuyez vous n'aurez rien du tout.

RAFOUILLAC.

C'est bien, Grand Jacques, j'attendrai! A demain!

Il s'éloigne.

JACQUES.

Bonsoir! Et de deux. Je vais m'assurer si j'ai bien refermé la trappe chez Sarah!

Il sort.

FRIDOLIN.

Les voilà encore, je croyais qu'ils étaient partis depuis longtemps.

GRAPONOT.

Comme vous me faites courir, mon cher monsieur Fridolin, mais ne vous sauvez donc pas comme ça!

FRIDOLIN, à part.

Tiens comme il me parle! (Haut.) Il est évident, mon cher Graponot, que vous devez m'en vouloir, vous croyez sans doute que je suis un malhonnête homme?

GRAPONOT.

Moi? Pas du tout, je suis persuadé du contraire!

FRIDOLIN.

Vous avez raison, Graponot. Soyez assuré que dans peu de temps, je vous porterai vos quatre mille écus.

GRAPONOT.

Mais je n'en veux point, ça ferait deux fois, et je suis honnête aussi moi dans le fond!

FRIDOLIN.

Quoi deux fois?

GRAPONOT.

Deux fois que je serais remboursé, puisque votre frère le Grand Jacques vient de me rendre mon argent!

FRIDOLIN.

Comment Jacques... mon frère?

GRAPONOT.

Bien sûr, il a même promis à Rafouillac de lui porter deux mille écus demain matin de votre part.

FRIDOLIN.

Je n'y comprends rien.

GRAPONOT.

Moi encore moins, mais ce qu'il y a de certain c'est que je tiens ma monnaie, c'est le principal. Père Fridolin je ne vous en veux plus. Adieu!

Il sort.

FRIDOLIN.

Ça, c'est trop fort! mon frère, un mendiant, un vagabond, lui voir payer mes dettes? Avec quoi? Il a dû commettre un crime de complicité avec cette horrible sorcière! (Jacques paraît et s'avance doucement derrière lui.) De quel droit s'occupe-t-il de mes affaires? Ne suis-je pas seul maître de mes actions?

JACQUES.

Je suis ton frère aîné, et je dois te protéger dans le malheur.

FRIDOLIN.

Allons donc ! la protection d'un bandit !... mais si je n'avais pas soixante ans vous prétendriez donc me faire mal tourner ?

JACQUES.

Tes sottises ne m'atteignent pas, et tu ne m'empêcheras jamais de m'occuper de toi. Dans quelques jours nous causerons, et je me chargerai d'abattre la sotte fierté qui a su te perdre. Adieu frère, je t'aime toujours !

Il s'éloigne.

FRIDOLIN.

Bonsoir ! Bonsoir ! Il est fou, ma parole d'honneur ! Et je suis encore ici moi ? Il est sept heures, c'est l'heure du souper chez moi, descendons vite. Tiens mais, j'ai oublié de me suicider ! Je ne peux pourtant pas me suicider sans souper, ça ne se fait jamais ! Oh ! ma foi je vais remettre ça à demain. Je tâcherai d'avoir plus de courage qu'aujourd'hui, et si je n'y arrive pas, je paierai quelqu'un pour se mettre à ma place. Pour une pièce de quarante sous que ça me coûtera, je n'en mourrai pas.

ACTE TROISIÈME

La scène représente un superbe jardin, au fond un château.

DOMINIQUE.

En voilà une bonne aubaine! C'est moi qui ne m'attendais pas à ça! Quand on m'a fait partir de Paris pour venir ici, j'hésitais. N'ayant jamais quitté la capitale j'avais peur de mourir d'ennui par ici, au milieu de ces grands bois dont on m'a tant parlé. Enfin je ne regrette rien, j'ai une situation de domestique comme il n'y en a plus. J'ai un maître comme il n'en existe pas! Oh! non, vous savez, je suis sûr qu'il n'y en a pas deux comme ça. C'est un original par exemple, mais ça m'est égal, moi j'aime ça. Ainsi tenez aujourd'hui, savez-vous ce qu'il fait? Il offre un grand repas à tous les habitants du village! Trois cent vingt deux couverts sont servis là-bas sous les marronniers! Si vous voyiez les têtes de ces braves paysans, il y a de quoi mourir de rire! Ils sont enchantés, presque tous sont arrivés déjà! Tiens, en voilà encore un!

1er PAYSAN.

Bonjour le domestique! Ça va ben?

DOMINIQUE.

Merci, mon brave, vous venez pour le dîner?

1er PAYSAN.

Bé, oui! J'ai eune faim, oh, mais eune faim! Depuis quatre jours que j'ai reçu mon invitation à dîner, j'ons rien mangé du tout pour me donner de l'appétit.

DOMINIQUE.

Vous devez avoir joliment faim. Tenez, mon ami, au bout du petit chemin à gauche, vous verrez les invités.

1er PAYSAN.

Au revoir, monsieur le Domestique.

Il lui donne une forte poignée de main et s'éloigne.

DOMINIQUE.

Eh ! bien, voilà deux heures que ça dure ce petit manége-là !

2me PAYSAN, il arrive en chantant et s'arrête net en se trouvant devant Dominique.

Monsieur l'employé, je vous présente mes from... mes hommages ! Dites-moi, le dîner, ous qu'il est ?

DOMINIQUE.

Tenez là-bas à gauche !

2me PAYSAN.

Hein ?

DOMINIQUE.

Je vous dis là-bas à gauche !

2me PAYSAN.

Ah ! bien !

Il s'en va à droite, Dominique le rattrappe.

DOMINIQUE.

Mais non, voyons, je vous dis à gauche !

2me PAYSAN.

Ah, oui !

Il se dirige du côté du public, Dominique le rattrape au moment où il va tomber par-dessus la tablette du théâtre.

DOMINIQUE.

Allons voyons, venez donc par ici. (D'un coup de tête, il l'envoie dans la bonne direction.) Ont-ils la tête dûre ces gens-là !

Il se promène de long en large.

FRIDOLIN.

Voilà des manières que je ne m'explique pas, je ne tolèrerai pas une pareille arrogance. Le propriétaire de ce château, possesseur, dit-on, d'une immense fortune, donne un repas à tous les paysans de ce village, et moi, qui suis du pays voisin il me fait la grossièreté de m'inviter avec ma femme et mon fils ! Se figure-t-il que je vais me mêler à cette populace, confondre la dignité de mon auguste personne avec ces grossiers personnages ? Il ajoute encore qu'il a une communication à me faire. Ah ! ça ! Je n'ai donc pas de domicile connu ? Ce monsieur ne pouvait donc pas se déranger pour venir me parler ? Je suis sûr qu'il a entendu causer de mon affaire, il va m'offrir un secours ! J'ai laissé ma femme et mon fils à l'hôtel du Lapin radical, je vais me dépêcher de m'expliquer avec ce Monsieur, pour retourner chez moi au plus vite. Que d'évènements depuis un mois, Seigneur ! Enfin je crois que mon frère va me laisser tranquille, il a disparu depuis trois semaines, c'est bon signe. Dites donc, hé là-bas ! Domestique ! Mais dites donc, voyons, domestique, il me semble que je vous ai appelé !

DOMINIQUE.

Oui, Monsieur, j'accours ! Monsieur désire ?

FRIDOLIN.

Vous allez dire à Monsieur votre maître que
monsieur Fridolin, le fermier de Froussmougnac,
demande à lui parler !

DOMINIQUE.

Ah ! bien ! mon maître du reste m'a dit de l'informer de votre arrivée aussitôt que vous seriez là !

FRIDOLIN.

C'est bon, allez !

DOMINIQUE, s'éloignant.

En voilà un faiseur d'embarras ! C'est celui-là
qui a fait perdre tant d'argent à ses pauvres voisins, il n'y a pas là de quoi être si fier !

FRIDOLIN.

Eh bien !

DOMINIQUE.

Parfaitement, Monseigneur, je me précipite.

Il sort.

FRIDOLIN.

Tenons-nous bien, et apprêtons-nous à étonner
ce Monsieur par notre distinction naturelle. Non,
mais vous allez voir comme je vais lui parler, je
m'en dilate d'avance les lignes pures de ma gracieuse physionomie.

SARAH.

Tiens, maître Fridolin, vous ici ? seriez-vous in-
vité au repas donné par le nouveau propriétaire du
château ?

FRIDOLIN.

Allons bon, la sorcière, mon porte-malheur !

Eloignez-vous, malheureuse, laissez-moi, je ne veux pas que vous me parliez, vos paroles m'empoisonnent l'esprit.

SARAH.

Parce que je vous ai prédit du malheur un jour que vous me refusiez du pain, ma présence vous effraye, calmez-vous, monsieur Fridolin, je ne vous en veux plus !

FRIDOLIN.

Parbleu, il est bien temps, tu peux être heureuse, ta prédiction s'est accomplie, tu peux jouir de ton triomphe. Ta méchanceté à causé ma ruine !

SARAH.

Eh bien ! écoutez, maître Fridolin, je regrette ce que j'ai fait ! Je retire le mauvais sort que je vous ai jeté !

FRIDOLIN.

Allons donc! Le malheur souhaité porte fatalement ses funestes effets, et rien ne saurait effacer les traces de ce fléau, lorsqu'il est lancé par une juste colère !

SARAH.

Monsieur Fridolin je vous souhaite autant de bien que je vous ai désiré de mal, et vous savez si mes vœux s'accomplissent! A bientôt!

Elle sort.

FRIDOLIN.

Le malheur et le bonheur, pour moi aujourd'hui tout ça est au même tarif ! Ah ! c'est trop fort, voilà mon frère ! Si c'est là un échantillon des invités le reste doit être beau! Pourvu qu'il n'ait pas l'audace de me parler.

Il va pour sortir, Jacques le rattrape.

JACQUES.

Bonjour, Fridolin, comment tu te sauves en me voyant, c'est mal ! Il me semble cependant que tu n'as pas à te plaindre de moi, car enfin, j'ai encore donné l'autre jour jusqu'au dernier sou de mes économies pour payer ces deux compères qui voulaient t'assommer dans la montagne.

FRIDOLIN.

Vos économies, allons donc, dites plutôt que vous avez dépouillé quelqu'un pour me rendre ce soi-disant service, afin que je vous héberge, et que vous passiez chez moi des jours fortunés sous les regards attendris de ma reconnaissance ! Vous ne me connaissez pas mon cher, j'ai fait des études sur le cœur humain, et le vôtre n'a pas été oublié par la sagacité de ma science.

JACQUES.

Je te l'ai déjà dit, et je te le répète Fridolin : tes injures ne m'atteignent pas, au contraire. Je sème pour récolter, tes opinions changeront sur mon compte !

FRIDOLIN.

Jamais ! Monsieur, en attendant je vous prie de ne pas me parler. Avec une tournure comme vous en avez une, vous devriez au moins avoir la pudeur de vous tenir à distance quand vous vous adressez à des gens de distinction comme moi. Je vous demande un peu ce que penserait le propriétaire du château, un de mes amis intimes, s'il me voyait causer avec un mendiant de votre espèce.

JACQUES.

Comment tu connais le propriétaire du château ?

FRIDOLIN.

C'est un de mes camarades d'enfance !

JACQUES.

Tiens, ça me fait plaisir! Eh bien, quand tu le
verras tu lui répèteras ces paroles, et le plus étonné
des deux je t'assure que ça ne sera pas lui !

Il éclate de rire en s'éloignant.

FRIDOLIN.

Ils sont heureux ces gens-là, ils prennent le temps
comme il vient, jamais de soucis, pas d'ennuis ni
d'embarras. Ce sont les heureux de la terre, pas
gênés, fort gênants, tout leur suffit. Enfin ! Mais il me
semble que ce propriétaire se moque de moi, car
voilà plus d'un quart d'heure que je l'ai fait prévenir de mon arrivée. Ce grand Jacques, il s'éloigne
avec Sarah la sorcière, décidément ce sont bien
deux complices. Où donc est le domestique ? Hé,
là-bas ! Ohé ! Ohé ! le domestique, accourez donc je
vous prie ! En voilà encore un que je vais secouer.

DOMINIQUE, à part.

Tiens il est encore là celui-là ? (Haut.) Qu'est-ce
que vous voulez encore, papa Mistigri !

FRIDOLIN.

Bé! dites donc, c'est à moi que vous parlez? Vous
saurez que je m'appelle Fridolin.

DOMINIQUE.

Ah, bon ! je vous demande pardon, monsieur Fri-
lodin !

FRIDOLIN.

Je vous dis Fridolin !

DOMINIQUE.

Bien, bien ! C'est parce que je n'ai pas la mémoire
des noms. Excusez-moi, monsieur Frigotin !

FRIDOLIN.

Je préfère y renoncer! Ah, ça! dites-moi, votre maître va-t-il se décider à venir?

DOMINIQUE.

M'sieur?

FRIDOLIN.

Je vous demande s'il y en a encore pour long-temps, attendu que je n'ai pas que ça à faire, j'ai des tomates à rentrer et des nèfles à gauler, si je perds tout mon temps ici, alors qui est-ce qui fera le travail à la maison, c'est pas les canards et les pintades!

DOMINIQUE.

Vous auriez dû les mettre au courant de la beso-gne! Non, mais permettez, je ne sais pas pourquoi vous vous emportez comme ça! Que vous faut-il encore?

FRIDOLIN.

Mais la seule chose pour laquelle je suis venu, parler à votre maître, je n'en demande pas davan-tage.

DOMINIQUE.

Comment ça, puisque vous venez de lui parler à mon maître?

FRIDOLIN.

Moi, mais jamais de la vie, vous confondez, dites donc que vous avez oublié de le prévenir.

DOMINIQUE.

Assurément il y en a un de nous deux qui a la berlue, je suis trop convenable pour vous dire que c'est vous, mais ce qu'il y a de certain, c'est que ce

13.

n'est pas moi ! Je vous répète que vous venez de
lui causer à mon maître, là, il n'y a pas deux minutes.

FRIDOLIN.

Je vous dis, moi, que je n'ai causé à personne.
Ah, si ! à un grand mendiant qui me demandait
cinq centimes pour acheter deux sous de pain !

DOMINIQUE.

Un mendiant dans le parc du château, taisez-vous,
donc c'est impossible.

FRIDOLIN.

Je vous demande pardon, tenez le voilà là-bas,
avec cette négresse !

DOMINIQUE.

Vous appelez ça un mendiant vous ! Vous avez de
l'aplomb !

FRIDOLIN.

Eh, bien ! qui est-ce ?

DOMINIQUE.

Mais c'est le maître, le propriétaire du château !

FRIDOLIN.

Lui ! C'est le... Ah !

Il se trouve mal.

DOMINIQUE.

Qu'est-ce que vous avez ? Attendez je vais envoyer
chercher le vétéri... le médecin !

FRIDOLIN, prosterné sur la tablette. Il pousse des sons
inarticulés.

Ah ! qu'ai-je fait là ? Et je ne me suis douté de rien.
Ainsi j'ai agi envers lui avec une indignité pareille !

Il se prosterne encore et pousse de nouveaux cris.

DOMINIQUE.

Mais qu'est-ce qu'il a donc ce brave bonhomme ?
Je vais aller prévenir mon maître.

Il sort.

FRIDOLIN.

Oh! bien sûr, je n'ai que ce que je mérite, la
sorcière a bien fait de me prédire du malheur.

Il pleure.

JACQUES.

Allons voyons, Fridolin, mon pauvre frère, ne te
tourmentes donc pas comme ça ! (Fridolin se jette à son
cou, il baragouine une suite interminable de phrases, parmi
lesquelles il est impossible de distinguer un mot connu.) Il
faut te remettre, mon ami ?

FRIDOLIN.

Mon bon frère, ainsi je t'ai méconnu pendant si
longtemps, je t'insultais, et tu avais la patience de
m'écouter sans jamais laisser échapper de tes lèvres
la moindre parole amère. Oh! c'est ignoble!

Il éclate en sanglots.

JACQUES.

Je ne me souviens même plus de ça, mon pauvre
ami.

FRIDOLIN.

Quand on pense que je t'ai repoussé, je t'ai même
refusé un morceau d'eau et un verre de pain...
non, je veux dire un verre de pain et un morceau
d'eau... non je... Oh! je ne sais plus ce que je dis.
Laisse-moi m'absenter une petite minute, n'est-ce
pas, Jacques, je vais chercher ma femme qui est à
l'hôtel du « Lapin radical » elle va venir te faire
toutes les excuses qu'elle te doit, et Dieu sait, s'il y
en a des chapitres. A tout à l'heure.

Il sort.

JACQUES.

Va, mon ami ! Voilà la première fois que je m'aperçois que j'ai un frère. C'est un petit peu tard sans doute, mais je ferai tant, que je comblerai en partie le vide creusé par un passé si malheureux !

SARAH.

Jacques! Où va donc Fridolin ?

JACQUES.

Il va revenir. Nos invités doivent s'impatienter n'est-ce pas ? Dis-leur que dans un instant la petite fête va commencer. Tu as fait placer près de nous les couverts de mon frère, de sa femme et de son fils.

SARAH.

Certainement tout est préparé pour les recevoir.

JACQUES.

Ainsi, ma pauvre Sarah, te voilà montée en grade, je t'ai nommée intendante du château. Pauvre comte, comme il doit être heureux, s'il assiste à la réalisation de son dernier désir, et de son dernier bienfait !

SARAH.

En effet, il doit être satisfait. Jacques, je vais prévenir les invités que le dîner va bientôt être servi, ensuite je changerai ces pauvres vêtements.

JACQUES.

Moi aussi, mais je les conserverai toujours pour me rappeler ma misère, et me souvenir qu'il y en a toujours à soulager. Va, Sarah ! (Elle s'éloigne Mme Fridolin parait, elle saute au cou de Jacques, et ne fait entendre absolument que des cris, des hoquets et des sanglots. Allons voyons, ma chère belle-sœur, un peu de courage. (Elle essaye de parler et recommence la même scène.)

Tenez voilà Sarah, là-bas, allez la trouver, elle vous
consolera et vous fera revenir à vous. (Elle s'éloigne
en pleurant toujours.) Pauvre femme, son repentir
paraît aussi bien sincère.

NARCISSE.

Oh! mon pauvre oncle, vous ne pouvez pas vous
figurer le plaisir que je viens d'éprouver en appre-
nant ce qui vous est arrivé! J'en suis bien heureux, allez.

JACQUES.

Pas tant que moi mon ami, c'est-à-dire dans ton
intérêt, car tu es mon seul héritier, et cette fortune
entière sera pour toi un jour!

NARCISSE.

Oh! ne me parlez pas de ça, mon oncle, ça me fait
du mal.

JACQUES.

Cher ami, va, je connais ton cœur, et c'est lui qui
est la seule cause de notre bonheur à tous.

NARCISSE.

Comment ça, mon oncle?

JACQUES.

Sans doute, mon ami, si tu ne m'avais pas géné-
reusement retenu lorsque je me disposais à conti-
nuer ma route, après l'accueil que j'avais reçu chez
moi, jamais l'héritage du comte ne me serait par-
venu, et il serait resté enfoui sous ces rochers qui
le gardaient si fidèlement.

NARCISSE.

Permettez-moi d'aller jusque chez nous, n'est-ce
pas, mon oncle, il me tarde d'apprendre cette bonne

nouvelle à monsieur Pouchet et à ma fiancée Arthémise.

JACQUES.

Tu n'as pas besoin de courir si loin pour ça ! Tiens, regarde, les vois-tu là-bas, parmi les invités ?

NARCISSE.

Oh ! quel bonheur ! Vous permettez, n'est-ce pas, mon oncle ?

Il se sauve.

JACQUES.

Avec plaisir, mon ami! Où donc est passé mon frère? Oh! quelle tristesse sur son visage.

FRIDOLIN.

Jacques, je viens te dire adieu !

JACQUES.

Comment, adieu!

FRIDOLIN.

Sans doute, il se fait tard, fais prévenir ma femme et mon fils, pour que nous retournions à Froussmougnac.

JACQUES.

Et quoi faire à Froussmougnac ?

FRIDOLIN.

Travailler, essayer de sortir de la misère. J'ai mangé mon pain blanc en premier, mon pauvre Jacques. Toi, c'est l'opposé, sois heureux, je ne suis pas jaloux, au contraire, ça me fait bien plaisir de te voir riche !

JACQUES.

Riche, moi? allons donc! je n'ai pas le sou!

FRIDOLIN.

Comment, pas le sou ?

JACQUES.

Mon ami, tu me connais, moi aussi je me connais !
Cette immense fortune entre mes mains n'y serait
pas restée longtemps. Un peu par-ci, un peu par-là,
des dons, des prêts, des aumônes, des secours, bref,
quelques années auraient suffi pour engloutir tout
ça. Donc, j'ai préféré m'en débarrasser d'un seul
coup, et je l'ai donnée tout entière.

FRIDOLIN.

Oh ! par exemple, c'est insensé !

JACQUES.

Au contraire, c'est excessivement sage et parfaitement raisonné.

FRIDOLIN.

Alors tu vas reprendre ta vie vagabonde.

JACQUES.

Non pas, je reste ici, mon donataire devra me
nourrir; il en fera la promesse.

FRIDOLIN.

La tiendra-t-il?

JACQUES.

Oui, il est honnête !

FRIDOLIN.

Heu! Heu! C'est douteux, des gens honnêtes ?

JACQUES.

Tu peux douter de tous, excepté de celui-là!

FRIDOLIN.

Et... je connais ce phénomène ?

JACQUES.

Je crois que oui, tiens, regarde, il passe avec sa
fiancée.

Fridolin regarde.

FRIDOLIN.

Mon fils ! oh ! frère, soit mille fois béni !

JACQUES.

Parleras-tu encore de partir à présent ? Mais tu es
chez toi ici, tout ce qui t'environne est à toi, à nous,
nos existences vont se confondre et s'écouler au
milieu des délices de la plus franche amitié.

FRIDOLIN.

Oh ! cher bienfaiteur, jamais nous ne pourrons te
prouver notre reconnaissance.

Il le prend par le cou et reste dans cette position.

JACQUES.

Allons, frère, ton cœur se réveille ! Aimons-nous
toujours, que nos voix s'unissent pour le jurer.
N'ayons tous qu'une même volonté pour vivre heureux, sous ce même toit qui abritera notre bonheur.

La toile tombe.

LES CRÉANCIERS DE M. PIFAMBOSSE

COMÉDIE EN UN ACTE

PERSONNAGES

MM. PIFAMBOSSE.
    BAPTISTE, valet de chambre.
    GRAUMOINOT.
Mme GRAUMOINOT.
    PREMIER CRÉANCIER.
    DEUXIÈME CRÉANCIER.

LES CRÉANCIERS DE M. PIFAMBOSSE

La scène représente un salon.

BAPTISTE.

Ah ! non, par exemple, en voilà assez ! Jamais je n'ai vu une infamie pareille. Moi, je dis une chose : quand on n'a pas le moyen de prendre des domestiques, on fait comme moi, on n'en prend pas, on se met domestique soi-même ! Quand on pense que voilà six mois que je suis ici, et depuis cette époque je n'ai pas encore reçu cinq centimes d'acompte sur mes appointements ? Tous les mois, Monsieur m'augmente de dix francs, j'aimerais mieux qu'il me diminue au contraire, et qu'il me paye un peu plus. Voilà ce que c'est que d'entrer chez des maîtres sans prendre des renseignements. Oh ! mais ça m'est égal, je vais le citer chez le juge de paix !

M. PIFAMBOSSE, entrant furieux.

Ah ! ça, dites-donc, monsieur Baptiste, vous n'avez pas fini de crier comme ça ? C'est honteux, on vous entend jusque sur le palier !

BAPTISTE.

Mais, Monsieur...

M. PIFAMBOSSE.

Allons, c'est bon, taisez-vous ; vous êtes un ingrat !

BAPTISTE.

Cependant, Monsieur...

M. PIFAMBOSSE.

Oui, un ingrat, je le répète, car enfin vous devez bien remarquer une chose, c'est que je ne vous ai jamais regardé comme un domestique, mais plutôt comme un confident, presque un ami.

BAPTISTE.

Je ne dis pas le contraire, Monsieur, mais cependant...

PIFAMBOSSE.

Allons voyons, écoutez-moi. Je vais vous donner une nouvelle preuve de ma confiance. Dans quelques jours, je dois épouser une jeune personne qui m'apporte trois millions de dot, vous voyez donc que vous n'avez rien à craindre pour six malheureux mois que je vous dois.

BAPTISTE.

Ah ! Monsieur, c'est différent, du moment qu'il en est ainsi...

PIFAMBOSSE:

C'est bon, c'est bon, laissez-moi...

BAPTISTE.

Si Monsieur m'avait dit plus tôt..

PIFAMBOSSE.

Oui, oui, allez-vous-en.

BAPTISTE.

Je ne me serais certainement pas permis de...

PIFAMBOSSE, le poussant dehors.

Mais laissez-moi donc tranquille. (Seul.) Il est

évident que je suis bien ennuyé, tracassé, poursuivi de tous les côtés, mais enfin ce n'est pas une
raison pour perdre la tête ! Si ce mariage peut
réussir, je suis sauvé ; mais, si malheureusement
je manque l'affaire, je suis fricassé ! Voyons, monsieur et madame Graumoinot, mes futurs beaux
parents m'ont promis de venir me voir à trois
heures, il ne faudrait pas que des créanciers se
présentassent ici pendant leur visite, justement
comme je vais sortir, je vais prévenir Baptiste.
(Appelant.) Baptiste !

BAPTISTE.

Monsieur !

PIFAMBOSSE.

Écoutez, Baptiste, j'ai une recommandation à vous
faire. Vous savez, n'est-ce pas, qu'il se présente
assez souvent ici quelques créanciers......

BAPTISTE, éclatant de rire.

Quelques créanciers ! Monsieur est modeste !
Moi j'appelle ça une nuée, une fourmillière, un
océan de créanciers ! C'est à un tel point.... je
n'ai pas voulu le dire à Monsieur, pour ne pas
lui faire de la peine, depuis le commencement de
la semaine, voilà la quatrième fois que je remets
un nouveau cordon de sonnette.

PIFAMBOSSE.

Bon, ça ne fait rien ! Voyons dites-moi, aujour-
d'hui il ne faut pas qu'un seul créancier pénètre
chez moi, vous entendez, j'ai de graves raisons
pour ça. Comme je vais sortir, je vous recommande
cet ordre, exécutez-le bien. Aussitôt qu'il en arrivera un, p'sit, p'sit, faites-le partir carrément.

Il va pour sortir.

BAPTISTE.

Bien, Monsieur! (Le rappelant.) Ah! dites donc, Monsieur? Et s'ils ne veulent pas partir?

PIFAMBOSSE.

S'ils ne veulent pas partir? Ma foi je ne sais pas, arrangez-vous comme vous voudrez, tapez dessus si ça peut vous faire plaisir.

Il se dispose encore à sortir.

BAPTISTE.

Bon, Monsieur! (Le rappelant.) Et s'ils persistent encore à ne pas vouloir partir?

PIFAMBOSSE, impatienté.

Eh bien! faites ce que vous voudrez, je n'en sais rien, je m'en rapporte à vous, jetez-les par la fenêtre et n'en parlons plus!

Il sort.

BAPTISTE.

C'est bien, Monsieur! (Seul.) Voyons, récapitulons; Monsieur m'a commandé d'abord de leur dire: p'sit, p'sit, p'sit, ensuite de taper dessus, et après, les jeter par la fenêtre. Tout ça c'est bien simple et facile à exécuter. Il est évident qu'ils vont bientôt venir, ça ne va pas manquer. Tous les jours à cette heure, c'est une véritable procession, ça n'arrête pas. Il y en a des petits, des grands, des gros, des vilains, des pas beaux. (On entend sonner.) V'lan, tenez ça y est! Ça, c'est un coup de sonnette de créancier, il n'y a pas à s'y tromper. Mais, il ne faut pas ouvrir de suite, Monsieur m'a toujours dit: Baptiste, il ne faut jamais ouvrir immédiatement à un créancier lorsqu'il sonne, et la raison est celle-ci: Lorsque le créancier vient chez son débiteur, il a toujours très chaud, de sorte qu'en le laissant pendant quelques minutes sur le palier, cela suffit pour lui donner un joli petit refroidissement capable de faire tomber la créance. (On entend sonner avec persistance.) Voilà, voilà! (On sonne encore.) Voilà, voilà! (On sonne toujours.) Voilà, voilà! Oh! (Il va ouvrir. On lui entend dire.) Monsieur, je vous dis qu'il n'y a personne. (Il entre avec le créancier qui le bouscule.) Je vous le répète, il n'y a personne. Monsieur est sorti.

LE CRÉANCIER.

Allons donc! c'est une plaisanterie! on ne se moque pas du monde comme ça!

BAPTISTE.

Monsieur, je ne me moque de personne! Je vous dis que mon maître est sorti, il est absent et il n'est pas là!

LE CRÉANCIER.

Eh bien! je l'attendrai!

BAPTISTE.

Mais Monsieur, il ne rentrera pas avant six mois!

LE CRÉANCIER.

Ça m'est égal, je l'attendrai tout de même?

BAPTISTE, à part.

Je vais être obligé d'employer les trois moyens indiqués par Monsieur! (Haut.) Monsieur, voulez-vous je vous prie, avoir la bonté de p'sit! p'sit! p'sit!

Il fait en disant cela un geste lui indiquant la sortie.

LE CRÉANCIER.

Qu'est-ce que vous dites?

BAPTISTE.

Je dis que je prie Monsieur de vouloir bien p'sit! p'sit! p'sit!

LE CRÉANCIER.

Mais qu'est-ce que ça veut dire ça ?

BAPTISTE.

Ça veut dire, que je prie Monsieur de sortir, parce que Monsieur ne peut pas rester là !

LE CRÉANCIER.

En attendant je vous conseille de me laisser tranquille, n'est-ce pas ?

BAPTISTE, à part.

Nous allons être obligé d'employer le deuxième moyen. Oh ! moi ça m'est égal !

Il prend son bâton et assomme le créancier.

LE CRÉANCIER.

Mais voyons, qu'est-ce que vous faites ? Oh ! la la ! Au secours !

Il tombe.

BAPTISTE.

Vous ne voulez pas partir ?

LE CRÉANCIER, râlant.

Ah ! je suis malade !

BAPTISTE.

Ça ne me regarde pas, faut vous en aller. Allons-y, employons le troisième moyen. (Il le prend dans ses bras.) Par la fenêtre !

LE CRÉANCIER.

Oh ! là là ! Qu'est-ce que vous faites ?

BAPTISTE, le balançant.

Une, deux et trois ! (Il le jette dehors et regarde par la fenêtre.) En plein sur la concierge ! J'espère que

Monsieur va être content, car voilà un ordre bien exécuté. Il va me faire des compliments vous allez voir ça, je suis sûr qu'il va m'augmenter de dix francs. (On sonne encore). Allons bon ! en voilà un autre. Oh ! toute la journée ça va être comme ça. (On sonne plus fort.) Voilà, voilà ! (Ou sonne avec acharnement.) C'est bon, on y va ! (Il sort et on lui entend dire). Monsieur je vous dis que non !

LE 2me CRÉANCIER.

Moi, je vous dis que si !

BAPTISTE.

Et moi, je vous répète que non, na ! Je vous dis que Monsieur est absent !

LE 2me CRÉANCIER.

Ça m'est égal, je veux le voir !

BAPTISTE.

Mais, Monsieur, c'est impossible, il est en voyage ; il est en province, il est allé à San-Francisco !

LE 2me CRÉANCIER.

Vous appelez ça la province, vous ?

BAPTISTE.

Ah ! je n'en sais rien, pour moi, du moment que c'est plus loin que les Batignolles, c'est toujours la province. Enfin ça n'a pas d'importance, en attendant il faut vous retirer.

LE 2me CRÉANCIER.

Jamais, pas avant d'avoir vu votre maître !

BAPTISTE, à part.

Allons-y, employons nos trois moyens. (Haut.) Monsieur !

LE 2me CRÉANCIER.

Eh, bien! quoi?

BAPTISTE.

Voulez-vous avoir la bonté, la complaisance et l'extrême obligeance de vouloir bien, p'sit! p'sit! p'sit! p'sit!

LE 2me CRÉANCIER.

Qu'est-ce que c'est que ça?

BAPTISTE.

S'il vous plaît, allez, allez, p'sit! p'sit! p'sit!

LE 2me CRÉANCIER.

Mais que voulez-vous dire? Qu'est-ce que c'est que ces manières-là?

BAPTISTE.

Ça, ce sont des manières employées généralement pour dire aux gens de se retirer.

LE 2me CRÉANCIER.

Je n'ai jamais entendu employer ça nulle part!

BAPTISTE.

Chez moi dans mon village on parle comme ça.

LE CRÉANCIER.

Mais tout le monde n'en est pas de votre village.

BAPTISTE.

Heureusement, il n'y aurait jamais assez de place.

LE 2me CRÉANCIER.

Ça ne m'étonne pas! Enfin c'est bon, en voilà assez, laissez-moi tranquille!

BAPTISTE, à part.

Le second moyen, alors.

Il prend son bâton et l'assomme.

LE 2ᵐᵉ CRÉANCIER.

Mais malheureux, laissez-moi donc! Oh! la! Ah!
je suis mort !

Il tombe.

BAPTISTE.

Vous ne voulez toujours pas partir?

LE 2ᵐᵉ CRÉANCIER, râlant.

Aïe! Aïe! Aïe!

BAPTISTE, le ramassant.

En avant le troisième moyen, mon devoir avant
tout!

LE 2ᵐᵉ CRÉANCIER.

Ne me secouez pas, ne me secouez pas!

BAPTISTE, le balançant.

Une, deux et trois. (Il le lance par la fenêtre et le regarde
tomber.) Allons bon, en plein dans la boîte du fac-
teur. C'est égal, Monsieur peut se vanter d'avoir en
moi un fameux serviteur. Moi, voyez-vous, la consigne, je ne connais que ça, je suis esclave du devoir.

Il sort.

M. GRAUMOINOT, dans les coulisses.

Il n'y a personne? (Après une pause et très fort.) Il
n'y a personne. (Il entre.) Comment se fait-il que la
porte soit ouverte et que personne ne soit là pour
recevoir le monde? C'est très imprudent! C'est très
bien chez mon futur gendre, l'appartement est
superbe! Du reste les renseignements que j'ai obte-

nus sur ce jeune homme sont excellents i Rangé, sérieux, travailleur, intelligent. Aussi, je n'ai pas hésité à lui accorder la main de ma fille. Mais personne ne vient. (Appelant.) Il n'y a personne ?

BAPTISTE, il entre en tournant le dos à la scène, et M. Graumoinot est dans la même position du côté opposé de sorte que se retournant tous les deux en même temps, ils se heurtent violemment la figure et se tiennent la tête en jetant des cris de douleur. A part.

Par où donc est-il entré celui-là ? Tiens, j'ai laissé la porte ouverte. C'est sans doute un nouveau créancier, je ne l'ai pas encore vu ! (Haut.) Monsieur demande ?

M. GRAUMOINOT.

Monsieur Pifambosse.

BAPTISTE.

Il n'y est pas !

GRAUMOINOT.

Il va venir.

BAPTISTE.

Non, Monsieur.

GRAUMOINOT.

Je vous dis qu'il va venir.

BAPTISTE.

J'ai l'honneur de réitérer à Monsieur que Monsieur ne va pas venir.

GRAUMOINOT.

Mais puisqu'il m'a donné rendez-vous !

BAPTISTE.

Mais non, mais non, c'est impossible, Monsieur confond !

GRAUMOINOT.

Je vous dis qu'il m'a donné rendez-vous pour trois heures.

BAPTISTE.

Écoutez, Monsieur, je vais vous parler franchement. Vous avez une bonne tête !

GRAUMOINOT.

Comment ça j'ai une bonne tête? (A part.) En voilà un grossier personnage, je me plaindrai à mon gendre, j'espère bien qu'il chassera ce domestique.

BAPTISTE.

Ne m'interrompez pas, Monsieur, je suis en veine d'éloquence, laissez-moi vous parler à cœur ouvert ! Il y va de votre intérêt, comme vous me plaisez, je veux éviter un grand malheur.

GRAUMOINOT.

Il m'épouvante ce serviteur.

BAPTISTE.

Croyez-moi, Monsieur, n'hésitez pas à p'sit! p'sit! p'sit!

GRAUMOINOT.

C'est à moi que vous parlez!

BAPTISTE.

Oui, Monsieur, je vous en supplie, allez, allez, p'sit! p'sit! p'sit!

GRAUMOINOT.

Je vous demande pardon, je ne p'sit! p'siterai pas! (A part.) Pour sûr que je le ferai chasser ce misérable !

BAPTISTE, à part.

Enfin c'est lui qui l'aura voulu.

Il prend son bâton et tape dessus.

GRAUMOINOT, tombant.

Mais misérable, laissez-moi donc !

Il reste évanoui.

BAPTISTE.

Je ne peux pourtant pas le jeter par la fenêtre, la cour serait pleine. Voyons, où donc vais-je le mettre ce Monsieur? Ah! dans la cuisine, sous la fontaine, je vais lui ouvrir un robinet sur la tête, et lorsqu'il sera revenu à lui je le mettrai dehors. (Il le charge sur ses épaules en disant.) Monsieur, prenez donc la peine d'entrer.

Il l'emporte.

Mme GRAUMOINOT, dans les coulisses.

Oscar! (Elle entre.) Oscar ! Ah! ça où donc est mon mari? Il doit être ici puisque son chapeau et son parapluie sont dans l'antichambre. En effet, c'est très joli chez notre futur gendre. (Appelant encore.) Oscar! (Même scène qu'à l'entrée de son mari, elle se cogne fortement sur Baptiste qui accourt à son appel.) Vous ne pouvez donc pas faire attention, vous?

BAPTISTE.

Je demande pardon à Madame, mais je ne la voyais pas. (A part.) Allons bon, j'ai encore laissé la porte ouverte ! Ça doit être la dame d'un créancier ! (Haut.) Que demande Madame?

Mme GRAUMOINOT.

Annoncez-moi à monsieur Pifambosse, madame Graumoinot !

BAPTISTE.

Impossible, Madame, monsieur Pifambosse n'est pas là !

Mme GRAUMOINOT.

C'est bon, je vais l'attendre !

BAPTISTE.

Mais je vais vous dire, madame Grospierrot !

Mme GRAUMOINOT.

Moinot !

BAPTISTE, à part.

Comment, elle m'appelle moineau ? (Haut.) Monsieur Pifambosse ne reçoit pas aujourd'hui, par conséquent, je vous prie de vouloir bien p'sit ! p'sit ! p'sit !

Mme GRAUMOINOT.

En voilà des manières, tâchez donc de me parler mieux que ça, n'est-ce pas ?

BAPTISTE.

Madame, j'ai des ordres...

Mme GRAUMOINOT.

Qui ne me concernent pas ! Du reste, mon mari est ici, je veux le voir de suite.

BAPTISTE.

Le mari de Madame ?

Mme GRAUMOINOT.

Sans doute, puisque son parapluie et son chapeau sont dans l'antichambre !

BAPTISTE, à part.

Oh ! c'est la dame du Monsieur qui est sous la

fontaine ! (Haut.) Madame, j'ai déjà eu l'honneur de vous le dire, ayez la bonté de p'sit ! p'sit! p'sit !

Mme GRAUMOINOT.

Quel impudent personnage, je vous ferai châtier !

BAPTISTE, à part.

Allons, c'est elle qui l'aura voulu !

Il prend son bâton et l'assomme.

Mme GRAUMOINOT.

Au secours ! A la garde ! Papa ! Maman !

Elle tombe évanouie.

BAPTISTE.

Où vais-je la placer? Ah ! au fait il y a deux robinets sous la fontaine, je vais la mettre à côté de son mari. (Il la charge sur ses épaules et l'emporte en disant :) Madame, veuillez accepter mon bras ! (Il revient presque aussitôt et dit en regardant vers la cuisine.) Ils sont gentils comme ça ! (On sonne.) Oh ! ça, c'est le coup de sonnette de Monsieur, allons ouvrir et apprêtons-nous à recevoir des félicitations. (Il va ouvrir et revient.) C'est bien lui, il ôte ses gants et son chapeau ! Le voilà !

PIFAMBOSSE.

Eh ! bien, Baptiste, est-il venu des créanciers ?

BAPTISTE.

Oui, Monsieur, il en est venu deux paires !

PIFAMBOSSE.

Comment deux paires ?

BAPTISTE.

Oui Monsieur, il en est venu quatre !

PIFAMBOSS!

Eh ! bien, on dit quatre, ça ne dit pas deux paires.

BAPTISTE.

Monsieur, c'était pour aller plus vite !

PIFAMBOSSE.

Allons, c'est bon ! Et vous les avez fait partir ?

BAPTISTE.

Oui, Monsieur, j'ai exécuté vos ordres, consciencieusement, scrupuleusement et radicalement, je leur ai d'abord dit de p'sit ! p'sit ! p'sit !

PIFAMBOSSE.

Comment vous leur avez dit ça ?

BAPTISTE.

Dame, Monsieur, c'est vous qui me l'avez dit !

PIFAMBOSSE.

Comment moi, je vous ai dit ça ! Allons donc, c'est peut-être un geste que j'ai fait, mais je ne vous ai pas dit de le répèter, c'est très inconvenant !

BAPTISTE.

Vous comprenez, Monsieur, que c'est très embarassant, vous me donnez des ordres, je les exécute, et après ce n'est plus ça !

PIFAMBOSSE.

Taisez-vous, ça suffit ! Mais, alors ils devaient être furieux en partant.

BAPTISTE.

Furieux, je ne sais pas trop, ils ne m'ont rien dit, car après les avoir assommés à coups de bâton.

PIFAMBOSSE.

Comment à coups de bâton ?

BAPTISTE.

Mais, Monsieur, c'est le second moyen que vous m'avez indiqué pour les faire partir !

PIFAMBOSSE.

Malheureux, je vous ai dit ça en l'air, c'est une manière de parler, c'est une figure.

BAPTISTE

Je ne sais pas moi, Monsieur, je ne connais pas la photographie.

PIFAMBOSSE.

Alors, ils se sont contentés de ça ?

BAPTISTE.

Mais pas du tout, j'ai été obligé d'en jeter deux par la fenêtre !

PIFAMBOSSE, bondissant.

Comment par la fenêtre?

BAPTISTE.

Oui, Monsieur, le troisième moyen; ce n'est pas encore ça, alors je ne sais plus quoi faire !

PIFAMBOSSE.

Mais malheureux, c'est épouvantable ce que vous avez fait là ! On ne jette pas ainsi le monde par la fenêtre. J'habite heureusement un petit entresol, mais si j'avais été au cinquième !

BAPTISTE.

Ils seraient tombés de beaucoup plus haut, voilà tout!

PIFAMBOSSE.

Mais dites-moi, il n'est pas venu un monsieur âgé avec une dame ?

BAPTISTE, réfléchissant.

Avec une dame ? Ah ! si !

PIFAMBOSSE.

Ils m'attendent, n'est-ce pas ?

BAPTISTE.

Je ne crois pas, Monsieur !

PIFAMBOSSE.

Enfin où sont-ils, dans le salon ?

BAPTISTE.

Non, Monsieur, ils sont sous la fontaine !

PIFAMBOSSE.

Comment sous la fontaine ? Mais expliquez-vous donc, vous me faites frissonner !

BAPTISTE.

C'est par pitié Monsieur, que je les ai mis là ! Comme ce sont des créanciers que je ne connais pas...

PIFAMBOSSE.

Mais ce ne sont pas des créanciers, c'est mon futur beau-père et ma future belle-mère. Oh ! faut-il que vous soyez naïf !

Il sort.

BAPTISTE, seul. Il éclate de rire.

Elle est bien bonne ! Est-ce que je pouvais me douter de ça moi ! Monsieur n'avait qu'à me dire poliment, Baptiste j'attends mes futurs beaux parents, mais pas du tout, il ne me dit rien, je ne pouvais pas le deviner.

Il sort en se tordant de rire.

PIFAMBOSSE, il entre avec M. Graumoinot.

Venez donc par ici, mon cher beau-père.

GRAUMOINOT.

Ah! mon pauvre ami, j'en ai la tête comme une tomate pas mûre, ça me dégouline, ça me dégouline, ça me dégouline dans le cou! Mais enfin expliquez-moi ce que cela signifie!

PIFAMBOSSE.

C'est bien simple mon cher beau-père, figurez-vous que mon pauvre valet de chambre, un serviteur modèle, vient d'être subitement frappé d'aliénation mentale.

GRAUMOINOT.

Ça ne m'étonne pas ce que vous me dites-là! Figurez-vous qu'en entrant, après m'avoir débité quelques paroles incohérentes, il se mit tout à coup à me dire : p'sit! p'sit! p'sit!

PIFAMBOSSE.

Eh bien! oui, c'est ça ; c'était un commencement de folie. Je vous demande pardon, je vous quitte, je vais voir si madame Graumoinot a besoin de quelque chose.

Il sort.

GRAUMOINOT.

Je n'ai vraiment pas de chance, pour la première fois que je viens chez mon gendre, être reçu par un fou, c'est horrible. J'ai toujours eu une peur épouvantable de ces gens-là. Pauvre garçon, c'est malheureux tout de même. Il me semble encore le voir.

Il se prosterne et reste sur la tablette la tête dans ses mains.

BAPTISTE, il entre sans être vu de Graumoinot.

Ah! le voilà ce Monsieur, je vais lui faire des excuses. (Il s'approche de lui.) Monsieur!

GRAUMOINOT, relevant la tête.

Ah!

Il se sauve.

BAPTISTE, stupéfait.

Qu'est-ce qu'il a donc? (Graumoinot paraît de nouveau et se sauve encore en voyant Baptiste. Ils traversent plusieurs fois la scène, Baptiste le poursuivant et criant.) Monsieur! monsieur! écoutez donc!

Mme GRAUMOINOT.

En voilà une affaire par exemple! je m'en souviendrai toute ma vie! Ce domestique qui était fou, j'aurais dû m'en douter.
Elle se prosterne comme son mari à la scène précédente.

BAPTISTE.

Ah! voilà Madame, je vais lui demander pardon, (Il s'approche d'elle.) Madame!

Mme GRAUMOINOT, elle relève la tête et l'aperçoit.

Ah! au secours!

Elle se sauve.

BAPTISTE.

Comment elle aussi, mais ils sont donc fous ces gens-là? (Même scène que la précédente avec M. Graumoinot. Poursuites, cris, etc. Baptiste finit par rester seul.) Non, ils ne veulent pas accepter mes excuses; je vais dire à Monsieur qu'il leur en fasse pour moi, il a l'habitude de ça, lui!

PIFAMBOSSE.

Dites donc Baptiste, vous avez failli faire manquer mon mariage, vous le savez?

15

BAPTISTE.

Il faut avouer, Monsieur, que c'est un peu de votre faute !

PIFAMBOSSE.

C'est vrai, enfin, il n'y a pas de mal. Mon mariage aura lieu dans deux mois, par conséquent vous irez passer cette période dans votre pays.

BAPTISTE.

Moi, Monsieur, pourquoi ça ?

PIFAMBOSSE.

Parce que j'ai dit à mes futurs beaux-parents que vous étiez fou !

BAPTISTE.

Comment, vous avez dit ça ?

PIFAMBOSSE.

Dame ! comment voulez-vous que j'explique votre conduite autrement ?

BAPTISTE.

Ça c'est vrai, ça ne serait pas facile.

PIFAMBOSSE.

Par conséquent dans deux mois je dirai que vous êtes guéri, vous reprendrez votre service, et je vous paierai ce que je vous dois !

BAPTISTE.

Bien, Monsieur, je vais apprêter ma malle.

Il sort.

PIFAMBOSSE.

C'est-à-dire que dans deux mois, je lui règle son compte et je le mets à la porte, je n'ai jamais vu un idiot pareil !

La toile tombe.

LE PETIT RAMONEUR

COMÉDIE EN QUATRE ACTES

PERSONNAGES

MM. LE PETIT PIERRE.
    DE BEAUQUIS.
    BERLURON, maître d'école.
    LACOMÊTE, garde-champêtre.
    LE MAIRE.
    RAPINOY.
    GROLARDON, ramoneur.
    BAPTISTE.
    ERNEST DE BEAUQUIS.
Mmes TAVERNIER.
    UNE BONNE.
    LA PORTIÈRE.

Paysans, paysannes, etc.

LE PETIT RAMONEUR

ACTE PREMIER

La scène représente une place de village en Savoie.

BERLURON.

Si, mère Tavernier, je vous le répète, vous avez tort ! Vous appelez ça de l'enfantillage, moi j'appelle ça de la gaminerie, et ça peut devenir dangereux si vous n'y prenez garde.

Mme TAVERNIER.

Je le sais bien, monsieur Berluron, mon fils a des défauts, il est joueur, c'est un petit diable, mais son cœur n'est pas mauvais, il a donné souvent des preuves de sa gentillesse.

BERLURON.

Oui, mais il en a donné plus souvent de ses espiègleries, et c'est de ce côté que penche la balance !

Mme TAVERNIER.

Enfin, monsieur Berluron, je ne peux pas vous dire autre chose. J'aime mon fils, je n'ai que lui, et je le défendrai toujours. Je ne demande pas mieux que de le réprimander, mais c'est tout ce que je peux faire pour vous. Votre servante !

Elle s'éloigne.

BERLURON.

Voilà ! C'est bien ça la mère aveugle, elle se figure que son petit garçon est un phénomène, tandis que... Oh ! (Un bâton se dresse devant lui et redescend aussitôt.) Qu'est-ce que c'est ça ? Encore une infamie de ce petit misérable !

LACOMÈTE.

Vous êtes en colère, monsieur Berluron ?

BERLURON.

Oh ! oui ! Monsieur Lacomête, j'en perdrai la tête ! C'est ce misérable Petit Pierre qui me tue à petit feu. Je suis sûr que ce gamin-là finira son existence au bagne.

LACOMÈTE.

Allons, vous exagérez, monsieur Berluron ! Moi, je l'aime beaucoup dans le fond ce petit-là, je sais bien qu'il est souvent insupportable, mais il est si intelligent, si drôle, c'est vrai, moi, il me fait toujours rire.

Il rit bêtement.

BERLURON.

Vous avez de la chance, vous ! Il est vrai qu'il vous craint plus que moi. Je ne suis que le simple maître d'école du village ; tandis que vous, le garde-champêtre, vous faites partie du gouvernement, vous en imposez. Enfin, vous ne m'empêcherez jamais de vous dire que ce petit monstre finira mal, et vous verrez plus tard que mon jugement n'était pas faux.

LACOMÈTE.

C'est possible, mais il est exagéré ! Enfin, n'en parlons plus, venez-vous avec moi je vais du côté de la mairie ?

BERLURON.

Mais oui, je rentre à ma classe.

ils s'éloignent.

PETIT PIERRE.

Eh bien! Voilà comme tout le monde me traite dans le pays. C'est drôle ça, ils ne peuvent pas me souffrir ces affreux villageois! Si le gouvernement défend à la jeunesse de s'amuser, on n'a qu'à l'afficher à la porte de la mairie! Ce n'est pas moi qui ai inventé les niches, si j'en fais, c'est pour suivre l'exemple des anciens. Voilà ce que c'est que d'habiter un village si beau mais si triste! c'est vrai, ils ne rient jamais ici, il n'y a qu'une fois par an, le jour de la fête, alors ils en abusent, ils en prennent pour toute l'année. (Il fait le moulinet avec son bâton au moment où paraît M. le Maire, qui reçoit un coup formidable et tombe anéanti.) Tiens, j'ai attrapé quelque chose de mou! Oh! c'est monsieur le Maire!

Il se sauve.

M. LE MAIRE.

Aïe! Aïe! Aïe! J'ai cru que c'était le tonnerre! Et pas du tout, c'est tout simplement ce petit Pierre qui fait ses fredaines.

PETIT PIERRE, ne montrant que sa tête et se cachant aussitôt.

C'est pas moi, monsieur l' magistrat, tra-la-la!

M. LE MAIRE.

Je vais vous en donner du tra-la-la, petit bandit!

PETIT PIERRE, même jeu.

Biribi, mon ami!

M. LE MAIRE.

Ce gamin répand la terreur dans tout le pays! J'ai déjà reçu cent cinquante trois plaintes de mes administrés. L'autre jour, ne s'est-il pas amusé à lâcher les porcs du père Mathieu, et à les faire entrer à la mairie en pleine séance du conseil municipal, nous ne pouvions plus nous reconnaître! C'est comme avant hier, voilà qu'il lui prend l'idée d'attacher une poule à la mère Picouit après la queue de la vache à Prosper. La pauvre bête en se sauvant est tombée dans un fossé, heureusement, ça a cassé la corde. Enfin tous les jours, c'est un tour nouveau, une méchanceté nouvelle. Eh, bien! J'en ai assez, il faut que ça finisse!

PETIT PIERRE, même jeu.

Ah! c'est comme ça, je vais lui faire une peur épouvantable à monsieur le Maire!

M. LE MAIRE.

Il faut que je trouve un moyen. Je vais chercher! (Une tête de monstre paraît sur un bâton, elle se promène derrière lui, et vient se placer devant sa figure.) Ah! Au secours! Qu'est-ce que c'est que ça? A la garde!
La tête disparait. Il s'éloigne.

PETIT PIERRE, avec son bâton et la tête. Il éclate de rire.

Hein! Je le savais bien qu'elle ferait son petit effet ma tête de bois. Je suis sûr qu'il va en rêver pendant six mois ce pauvre brave homme! Ah! le voilà qui revient, nous allons recommencer l'expérience!
Il se cache.

M. LE MAIRE, il entre en tremblant de tout son corps.

Quelle frayeur! En voilà une vision! Pour sûr, c'est un revenant! Je vais prévenir la force armée et faire venir le garde champêtre son unique représentant. (La même scène recommence.) Ah! Grand Dieu! V'là que ça revient, au secours!
Il fait plusieurs fois le tour de la scène, la tête le poursuivant toujours. Il sort.

PETIT PIERRE, il éclate de rire et se tord sur la tablette.

Il y a de quoi mourir de rire, ils m'amusent moi, tous ces gens-là, si je ne les avais pas, je me demande ce que je deviendrais ! Oh ! voilà le maître d'école, cachons-nous.

Il se sauve.

M. BERLURON, parlant à la cantonade.

Je vous dis, monsieur le Maire, que c'est une hallucination, vous n'allez pas vous figurer qu'il y a encore des revenants à notre époque. (Parlant au public.) Je crois qu'il perd un peu la tête, monsieur le Maire. (Il éclate de rire.) Il prétend qu'il vient de voir un revenant. Depuis quelque temps du reste je remarque que son cerveau bat la campagne. Il divague! (La tête reparaît, même scène, comme précédemment.) Oh ! Eh ! là-bas! A moi ! Papa, maman !

Il court, la tête le suit, et il sort.

PETIT PIERRE.

Pauvre monsieur Berluron, lui qui voulait faire le fier, il est encore plus poltron que l'autre ! Oh ! ça c'est le bouquet, voilà le garde champêtre, je vais le terrifier.

Il sort.

LA COMÊTE.

Par exemple, je n'ai jamais reçu une consigne comme ça! Voilà pourtant longtemps que je suis dans l'armée, ayant tenu pendant dix-huit ans le grade éminent de premier soldat au soixante-dix-septième de ligne! Il faut venir ici pour recevoir des ordres pareils. Voyons récapitulons; monsieur le Maire, vient de me dire : Lacomête, il s'agit de vous armer de courage et de votre sabre, pour aller dans le bois arrêter un personnage suspect qui s'y promène. Voilà son signalement, m'a-t-il dit: c'est une tête sans corps. Moi, mes attributions m'obligent à appréhender au corps, par con-

15.

séquent s'il n'y a pas de corps, il est impossible que j'appréhende. Je crois bien que c'est lui qui perd la tête, et s'il veut la rattraper, il n'a qu'à courir après. Je ne suis pas payé pour ça. (La tête paraît encore, et pour la troisième fois la même scène recommence.) Quoi? Qu'est-ce que c'est? Ah! c'est la tête en question? Attendez, j'ai oublié mon sabre sur ma cheminée, je vais revenir.

Il se sauve.

PETIT PIERRE.

Il est un peu plus brave que les autres, le père Lacomête, mais c'est égal il n'est pas rassuré. Oh! le voilà qui revient.

Il se cache.

LA COMÈTE.

J'ai réfléchi en me sauvant, et je me suis dit: il y a là-dessous quelque chose d'obscur qui ne me paraît pas clair. Ça doit être un mauvais plaisant qui s'amuse à faire des farces. Par conséquent je reviens, et je ferai voir à ce drôle, que Lacomête est un gaillard qui n'a peur de rien. (La tête s'approche derrière lui.) J'en ai vu bien d'autres, et certainement ce n'est pas ici que je reculerai. (En se retournant il se cogne sur la tête et se sauve en criant.) A moi! au secours!

PETIT PIERRE.

La déroute est complète, j'ai gagné la victoire! Vive l'armée et Petit Pierre avec! Tiens, ce Monsieur, que fait-il donc là-haut? Oh! mais il ne connaît pas le chemin de la montagne, il va tomber, c'est certain, je vais aller à son secours.

Il se sauve.

M. LE MAIRE.

Je suis fixé, je sais à quoi m'en tenir! Maintenant que je sais qu'il n'y a aucun danger, je suis en pos-

session de tout mon sang-froid, et je n'ai plus aucune crainte! Cette vilaine tête que je prenais pour
celle d'un revenant, n'est qu'un nouvel instrument
de suplice inventé par le Petit Pierre pour nous
martyriser. Aussi ma détermination est prise, je
vais la signifier à Madame sa mère! Et si elle refuse
de se soumettre aux injonctions que je vais lui
appliquer, j'en référerai aux autorités qui surpas-
sent la mienne, pour assurer l'exécution de la mesure énergique et radicale que je viens de prendre...
Ça tombe bien, voilà justement la mère Tavernier?
Ah, ça! dites-moi, madame Tavernier, j'ai à vous
déclarer que je viens de prendre une décision con-
cernant Monsieur votre fils.

Mᵐᵉ TAVERNIER.

Une décision? Pourquoi faire?

M. LE MAIRE.

Pour assurer le repos et la tranquillité du pays!

Mᵐᵉ TAVERNIER.

Et alors?

M. LE MAIRE.

Alors, madame Tavernier, j'ai à vous déclarer
qu'il faut absolument faire partir votre mauvais
sujet de fils.

Mᵐᵉ TAVERNIER.

Quoi, partir? Comment ça partir? Qu'est-ce que
ça veut dire?

M. LE MAIRE.

Ça veut dire, madame Tavernier, qu'il faut que ça
finisse, nous ne pouvons plus endurer ça. Dans
six mois nous serions tous morts dans le pays!

Mᵐᵉ TAVERNIER.

Eh, bien! vous ne vous plaindriez plus! dans
tous les cas je vois où vous voulez en venir, vous
vous figurez que je vais chasser mon garçon pour
vous faire plaisir, non, non, non, non, je ne ferai
pas ça, et si vous n'êtes pas content, vous irez vous
plaindre au Shah de Perse, où vous voudrez, je
m'en moque! Votre servante, bonsoir!

Elle s'éloigne.

M. LE MAIRE.

C'est bon! j'agirai dans la mesure de tous mes
pouvoirs. Pour être sûr de ne pas faire une sottise,
je vais en référer au garde des sceaux!

Il sort.

M. DE BEAUQUIS, il arrive avec Petit Pierre.

Ah! mon pauvre ami, je peux dire que je l'ai
échappé belle, sans toi j'étais bien perdu!

PETIT PIERRE.

Sans doute, Monsieur, mais c'est très imprudent
de s'aventurer ainsi sur ces rochers, quand on ne
connaît pas bien les détours de ces chemins dans
la montagne.

M. DE BEAUQUIS.

C'est vrai, je viens d'en avoir la preuve, car si tu
ne m'avais pas rattrapé par mes vêtements, je
serais à présent au fond de ce ravin, où probablement j'aurais trouvé le trépas!...

PETIT PIERRE.

Oh! ça Monsieur, c'est certain, vous seriez déjà
depuis quelques minutes dans l'autre monde.

M. DE BEAUQUIS.

Eh, bien, voyons mon petit ami, je désire te

prouver ma reconnaissance ; que pourrais-je faire
pour te rendre service à mon tour ?

PETIT PIERRE.

Une chose bien simple, Monsieur, c'est d'oublier
promptement, comme je vais le faire moi-même,
cette action si naturelle dictée par le plus simple
des devoirs.

M. DE BEAUQUIS.

Mais il est gentil comme tout ce petit bonhomme !..
Voyons, mon ami, je vois que ton cœur est rempli
de bons sentiments, mais ce n'est pas une raison
pour te priver, toi et les tiens, d'un certain bien-
être que je peux vous accorder.

PETIT PIERRE.

Monsieur, je n'ai que ma mère, il est évident
qu'elle n'est pas dans l'opulence, mais elle n'est pas
non plus dans la misère, elle a sa petite maisonnette,
un coin de terre et notre bonne vache, comme vous
le voyez, c'est suffisant pour qui sait se contenter
de peu !

M. DE BEAUQUIS.

Pour le moment, c'est très bien, mon ami, tu es
jeune, mais dans quelques années, avant que tu
puisses te rendre utile, ta présence deviendra une
charge plus lourde pour ta mère, et ensuite, tu ne
trouveras qu'un modeste emploi chez quelque fermier des environs. Il y a du mal en perspective, et
peu à gagner.

PETIT PIERRE.

On a du courage chez nous, Monsieur !

M. DE BEAUQUIS.

Je le sais, mon ami, mais il n'est pas toujours

estimé à sa juste valeur. Voyons, écoute-moi, je peux très facilement faire ton bonheur et celui de ta mère. J'ai causé de toi tout à l'heure avec quelqu'un, et ce quelqu'un me disait que ton espièglerie te faisait fort mal voir dans le pays.

PETIT PIERRE.

C'est vrai, Monsieur, le pays n'est pas important, je suis seul de mon âge, et personne ne peut comprendre que mes jeux soient parfois exagérés. Aussi, tout le monde me regarde comme un criminel de haute marque.

M. DE BEAUQUIS.

C'est pourquoi je t'engage à venir à Paris.

PETIT PIERRE.

J'irais avec plaisir, Monsieur, mais je ne peux pas quitter maman comme ça !

M. DE BEAUQUIS.

C'est l'affaire de quelques années, lorsque ton instruction te permettra d'avoir une jolie situation, tu la verras tant que tu voudras, et tu lui procureras ses moyens d'existence.

PETIT PIERRE.

Mon instruction, quelle instruction ?

M. DE BEAUQUIS.

Mais celle que je te ferai donner au collége, avec mon fils qui a ton âge.

PETIT PIERRE.

Au collége, on ne gagne pas d'argent ! Je ne pourrais pas en envoyer à ma mère

M. DE BEAUQUIS.

Ne te tourmente donc pas pour si peu, j'en enverrai pour toi, tu me rendras tout ça plus tard !

PETIT PIERRE.

Ma foi, Monsieur, je vois bien que c'est notre bonheur que vous me proposez là. Voyez ma mère, et parlez-lui de ce projet. Si elle consent je partirai.

M. DE BEAUQUIS.

Allons, je vais la voir et je suis sûr de la convaincre. Si je ne te revois pas, petit, je te donne rendez-vous à Paris, retiens bien mon nom : M. de Beauquis, 48, place de la Concorde.

PETIT PIERRE.

Je m'en souviendrai, Monsieur, merci !

M. DE BEAUQUIS.

A bientôt !

Il s'éloigne.

PETIT PIERRE.

Il a l'air joliment bon ce monsieur là ! Ça doit être un grand personnage. Ainsi me voilà sauvé peut-être ; avec de la conduite et du travail, le plus brillant avenir s'ouvrira devant moi ! C'est du bonheur ça, heureusement que ce n'est pas un rêve. Il est évident que maman acceptera cette proposition, car elle est très intelligente, maman, c'est une femme d'un esprit supérieur, maman, quoique paysanne. Les habitants du village vont être enchantés, le calme et la tranquillité vont renaître ; ils sont dans le cas d'illuminer en signe de réjouissances publiques ces braves gens !

Mᵐᵉ TAVERNIER, à la cantonade.

Adieu ! Monsieur ! merci ! (A Petit Pierre.) Eh bien

mon ami, que veux-tu faire? Crois-tu réussir en exécutant ce projet si hardi? Te sens-tu le courage d'entreprendre une si périlleuse détermination?

PETIT PIERRE.

Pourquoi pas, mère? D'autres que moi ont tenté l'aventure, et ils n'avaient pas un généreux bienfaiteur pour leur préparer leur avenir comme celui qui daigne s'occuper de moi.

Mme TAVERNIER.

Va, mon pauvre petit! Ce monsieur m'a remis l'argent pour ton voyage, tu seras bientôt arrivé. Quand tu seras là-bas, souviens-toi toujours que ma pensée te suit partout. Puisse ce témoignage de ma tendresse te guider sans cesse dans la voie du bonheur.

PETIT PIERRE.

Courage mère! Quelques années de séparation sont nécessaires, supportons-les avec résignation. Quelqu'un là-haut veille sur nous et nous protége, ayons confiance! Bientôt, nous serons réunis, et le bonheur que nous goûterons ensemble nous fera oublier les cruels instants que nous allons traverser.

Mme TAVERNIER.

Viens chercher les petites affaires!

PETIT PIERRE.

Oui, mère, nous allons faire notre dernier repas, et ensuite je partirai.

Ils s'embrassent, la toile tombe.

DEUXIÈME ACTE

La scène représente une place publique à Paris.

GROLARDON, on l'entend dans les coulisses crier.

Haut en bas ! Haut en bas ! (Il paraît sur la scène et répète.) Haut en bas ! Haut en bas. (Il traverse la scène et sort, on lui entend crier encore.) Haut en bas ! Haut en bas !

PETIT PIERRE, dans les coulisses.

Haut en bas ! Haut en bas ! (Il paraît et répète.) Haut en bas ! Haut en bas ! (Il est en petit ramoneur complétement noir, la figure pleine de suie, la tête coiffée d'un bonnet de coton noir.) Ah ! voilà mon maître qui entre dans un débit de boissons, il y avait longtemps ! Je crois qu'il a une éponge dans le gosier, ce notable commerçant pas patenté. Je vais profiter de ça pour me reposer un peu. Ah ! là, là ! Quel métier ! Non, ce n'est pas ça que j'avais rêvé ! En voilà une tenue pour se présenter dans le monde !... J'ai de la poudre de riz noire plein les yeux. C'est fait pour moi des choses comme ça ! Quand on pense qu'en arrivant à Paris, il y a deux mois. je n'ai jamais pu me souvenir de l'adresse de monsieur de Beauquis. Depuis ce temps-là, j'ai beau chercher, impossible de me la rappeler. Il me semble qu'il m'a parlé de ficelle ou de corde ! Enfin, je commence à désespérer. Aussi en arrivant, je me suis dit : Pierre, mon ami, il ne faut pas te décourager. Et me souvenant qu'autrefois certains compatriotes, aujourd'hui enrichis, s'étaient fait ramoneurs, j'ai embrassé cette carrière qui a toujours attendri les gens de cœur et fait sourire les méchants. De cette façon, en circulant ainsi sans cesse dans Paris, j'espère avoir un jour le bonheur de rencontrer monsieur de Beauquis. En attendant qu'il plaise à monsieur mon maître de sortir, je vais me prélasser sur cette banquette. Si vous saviez comme il est méchant!.. pour un rien il me bat. Ce n'est pas je crois, en suivant ce chemin que j'arriverai à celui de la fortune, je n'ai même encore rien pu envoyer à ma pauvre maman, j'aurais été si content de lui adresser de quoi s'acheter un pain blanc. Enfin dormons et rêvons !

Il s'étale et chante. Une portière paraît tout doucement, et s'approche de lui.

LA PORTIÈRE.

Dites-donc, jeune homme, il ne faut pas rester là, mon petit !

PETIT PIERRE, sans bouger, se parlant à lui-même.

Allons bon ! voilà encore ma portière de l'autre jour, est-elle mauvaise cette femme-là ! Je vais lui dire ma façon de penser si elle continue.

LA PORTIÈRE.

Ben ! dites, donc jeune homme, entendez-vous ce que je vous dis ? Jeune homme !

Pierre se soulève tout doucement et bondit sur elle. Elle se sauve en criant.

PETIT PIERRE.

Je suis sûr qu'elle va revenir, mais je ne lui céderai pas la place. Pour mieux me défendre je vais aller chercher le manche du balai du cantonnier.

Il sort.

LA PORTIÈRE.

Si je n'y mettais pas bon ordre, le quartier serait assiégé par ces polissons-là. C'est pourquoi je leur défends de stationner devant la maison.

Elle reçoit un formidable coup de bâton sur la tête et se sauve encore en criant.

PETIT PIERRE.

V'lan! Voilà de l'énergie ou je ne m'y connais pas! Elle est impossible cette vilaine créature. La voilà avec son balai!

Il se sauve.

LA PORTIÈRE.

Avec ça je vais me venger, qu'il y revienne le monstre.

Petit Pierre revenu tout doucement, lui prend son balai par derrière, et lui en donne de grands coups sur la tête, elle se sauve en criant.

PETIT PIERRE.

J'espère qu'elle va me laisser tranquille à présent! Qu'est-ce qu'il a donc celui-là, il a l'air d'un conspirateur. On dirait qu'il va assassiner quelqu'un. Tiens il vient par ici, je vais me cacher pour entendre ce qu'il dit.

Il se cache.

RAPINOY, personnage d'un tragique exagéré.

Enfin! je suis sur sa trace à ce misérable!... je vais lui faire voir que je ne suis pas dupe de son hypocrisie!

PETIT PIERRE, montrant sa tête et la retirant aussitôt après avoir dit.

Oh! Oh! Oh!

RAPINOY.

Qu'est-ce que c'est que ça? C'est le vent sans doute. Ainsi quand on pense qu'il me fait perdre trois cent mille francs, et c'est lui qui en profite, il en hérite à ma place, il est évident qu'il aura entortillé notre oncle, il lui aura dit du mal de moi.

PETIT PIERRE, même jeu.

C'est probable!

RAPINOY.

Hein? Par où donc que ça sort?

PETIT PIERRE.

Par ici monsieur, P'st, hé, ohé!

RAPINOY.

C'est un gamin qui s'amuse, ça n'a pas d'importance! Ah! le voilà, mon beau cousin, cet excellent
monsieur de Beauquis, je vais lui appliquer au cœur
un coup de poignard dont il se souviendra longtemps!

PETIT PIERRE, Rapinoy ne le voit pas.

Comment c'est de monsieur de Beauquis dont il
parle, et il veut l'assassiner? Il tombe joliment bien
ce Monsieur. C'est moi qui vais paralyser ses
moyens. Je vais chercher ma trique.

Il sort.

RAPINOY.

Attention!.. j'ai besoin de toute mon énergie!

PETIT PIERRE.

Avez-vous besoin d'autre chose, tenez prenez ça,
ça part du cœur et ça ne coûte rien! (Il l'assomme,
Rapinoy reste étendu.) Ah! il voulait tuer mon bienfaiteur, ce scélérat! Je l'ai bien étourdi, il ne reviendra pas à lui avant l'arrivée de monsieur de Beauquis. Je vais le mettre là-bas sur le tas de cailloux,
ça sera plus moelleux pour son épine dorsale. (Il
l'emporte et revient de suite.) Ah! le voilà, monsieur de
Beauquis! (M. de Beauquis passe, Petit Pierre l'arrête.)
Monsieur!

M. DE BEAUQUIS.

Tu veux un sou, mon bonhomme, je ne sais pas
si j'ai de la monnaie.

PETIT PIERRE.

Du tout, Monsieur! Il s'agit de quelque chose de .
bien plus sérieux.

M. DE BEAUQUIS.

Mais quoi donc?

PETIT PIERRE.

Vous ne me reconnaissez pas? C'est évident, avec
une figure pareille !

M. DE BEAUQUIS.

Non, mon ami, je ne te reconnais pas du tout!

PETIT PIERRE.

Cependant je ne suis pas un inconnu pour vous,
monsieur de Beauquis, je vais aider votre mémoire.
Je suis le petit Pierre, le petit savoyard, qui vous
a empêché de tomber dans le précipice il y a trois
mois !

M. DE BEAUQUIS.

Comment !.. c'est toi mon ami ! et dans un état
pareil! Ah ça ! d'où sors-tu ?

PETIT PIERRE.

Je vais vous expliquer ça, Monsieur. Figurez-vous
qu'en arrivant à Paris je me suis aperçu que j'avais
perdu votre adresse !

M. DE BEAUQUIS.

En voilà une imprudence!

PETIT PIERRE.

N'est-ce pas, M'sieur!

M. DE BEAUQUIS.

Alors ?

PETIT PIERRE.

Alors, me trouvant seul, abandonné, sans res-
sources, je me suis mis ramoneur ! J'espérais en
marchant ainsi continuellement dans Paris avoir
le bonheur de vous rencontrer un jour, et vous le
voyez, Monsieur, j'ai réussi.

M. DE BEAUQUIS.

Mon pauvre ami va, tu n'as pas de chance. Enfin
tu n'es pas mort de faim, c'est déjà quelque chose.

PETIT PIERRE.

Ma foi, Monsieur, c'est bien juste, et je vous assure que j'ai bien souffert, mais enfin puisque je vous
retrouve, il me semble que mes peines vont dispa-
raître, je crois que je vais enfin entrer dans la vie
réelle.

M. DE BEAUQUIS.

Je t'avais pourtant bien donné mon adresse.

PETIT PIERRE.

N'est-ce pas que vous m'avez parlé de corde ?

M. DE BEAUQUIS.

Je t'ai dit : 48, place de la Concorde !

PETIT PIERRE.

Oh ! c'est vrai !

M. DE BEAUQUIS.

Enfin, j'espère que tu ne la perdras plus cette
fois. Je serai chez moi dans une heure, je te donne
rendez-vous, mais ne manque pas ?

PETIT PIERRE.

Oh ! soyez tranquille Monsieur. Ah ! mais dites

donc, prenez garde aux voleurs, vous avez trois
cent mille francs dans votre poche, n'est-ce pas ?

M. DE BEAUQUIS.

Hein ! Qui est-ce qui t'a dit ça ?

PETIT PIERRE.

Vous venez d'hériter d'un oncle ?

M. DE BEAUQUIS.

Sans doute, c'est vrai, mais comment sais-tu ?....

PETIT PIERRE.

Vous avez des ennemis, Monsieur, du moins un,
assurément! C'est un de vos parents, et tout à l'heure
à cette place même il vous attendait pour vous
assassiner. Surpris, en entendant prononcer votre
nom, j'ai écouté certaines confidences que cet homme se faisait, et lorsque j'ai vu qu'il préparait son
poignard, je lui ai appliqué un coup de trique sur
la tête pour lui calmer les idées ; de sorte qu'en ce
moment il repose, encore légèrement étourdi de
la façon touchante avec laquelle je l'ai dispensé de
commettre un crime.

M. DE BEAUQUIS.

Et en me sauvant de la mort pour la deuxième
fois ! Décidément, mon ami, tu es mon bon génie !
Mais où est donc ce malheureux ?

PETIT PIERRE.

Tenez là-bas, sur le tas de cailloux, voyez-vous
il commence à gigoter un peu !

M. DE BEAUQUIS.

Ah ! c'est mon fameux cousin Rapinoy ! le misérable ! en effet, il ne vaut pas grand chose ! Tu es
sûr qu'il n'est pas blessé grièvement ?

PETIT PIERRE.

Mais non, Monsieur, un simple coup de bâton,
ça ne peut pas faire de mal, au contraire, ça secoue
le sang. Voyez-vous, il se lève... Tenez, il s'en va...
On dirait qu'il suit l'enterrement de son propriétaire
pour lui demander des réparations !

M. DE BEAUQUIS.

Allons ! c'est entendu, hein ? à tout à l'heure !...

PETIT PIERRE.

48, place de la Concorde, c'est gravé dans ma cervelle, et cette fois ça ne s'effacera plus.

M. DE BEAUQUIS.

Ça va bien, au revoir !

Il s'éloigne.

PETIT PIERRE.

Au revoir, M'sieur ! (Seul) Comme j'ai bien fait tout
de même de ne pas désespérer. Ainsi voilà ma
situation qui se représente. Je vais écrire ça à maman tout de suite, elle va être joliment contente
Il saute comme un fou en chantant. On entend son maître qui
crie dans la coulisse.

GROLARDON.

Haut en bas ! Haut en bas ! Allons, y es-tu toi fai-
néant ?

PETIT PIERRE.

Dites donc, vous ne pourriez pas trouver d'autres
locutions moins vicieuses pour m'adresser la parole ?

GROLARDON.

Qu'est-ce que c'est ? Tâche de te taire, et dépêche-
toi de me suivre ! (Il sort en criant.) Haut en bas !
(Petit Pierre ne bouge pas. Grolardon reparaît.) Ah, ça dis

donc toi, est-ce par les oreilles qu'il faut te prendre
pour te conduire au travail ?

PETIT PIERRE.

Écoutez, patron j'ai deux mots à vous dire.

GROLARDON.

Allons! c'est bon! tu me les diras en route!

PETIT PIERRE.

Non, pardon, il n'est pas question de route !

GROLARDON.

Ah! ça, qu'est-ce que ça veut dire ?

PETIT PIERRE.

Ça veut dire, cher patron, que j'ai l'avantage de
déposer ma démission en vos mains propres.

GROLARDON.

De quoi ? De quoi ?

PETIT PIERRE.

Je me vois forcé de renoncer à cette carrière vers
laquelle aucune vocation sérieuse ne m'entraîne.
Par conséquent je vous quitte !

GROLARDON.

Tu me quittes ?

PETIT PIERRE.

Et je m'en vais !

GROLARDON.

Allons donc! nous allons bien voir ça! Si tu ne me
suis pas de bonne volonté j'emploierai la force!

PETIT PIERRE.

Moi aussi!

16

GROLARDON.

Hein ?

PETIT PIERRE.

Je dis que si vous tapez, je cogne ! et j'ai le poignet assez solide, comme tous les gens de ma contrée !

GROLARDON.

Il faut que tu me rendes ce que tu me dois. Voilà trois mois que je te nourris, que je t'habille, que je t'entretiens ; et aujourd'hui tu réponds à ma bonté par la plus noire ingratitude !

PETIT PIERRE.

C'est la suie qui vous fait cet effet-là, moi je ne la trouve pas si noire que ça mon ingratitude, ah ! vous appelez ça me nourrir vous, pour deux mauvaises croûtes de pain mal trempées que vous me donnez le soir avec des coups comme dessert, vous allez aujourd'hui me donner ma note ? Allons donc pour qui me prenez-vous ?

GROLARDON.

Veux-tu me suivre oui ou non ?

PETIT PIERRE.

Non! Non! Non! Non! Non! Non! Non! Non!

GROLARDON.

Alors ma colère ne te fait pas peur?

PETIT PIERRE.

Avez-vous donc déjà vu un savoyard avoir peur de quelque chose, vous ?

GROLARDON.

Eh! bien! tiens attrape-ça !

Il va pour le frapper, mais Petit Pierre passe par dessous et lui échappe.

PETIT PIERRE.

Et vous prenez le reste, c'est tout ce que j'ai en fait de monnaie. Bigne, servez chaud !

D'un coup de tête, il envoie rouler Grolardon de l'autre côté de la scène où il reste évanoui.

LA PORTIÈRE.

Décidément ça va pas finir c'te vie là ?

PETIT PIERRE.

Tiens, vous voilà, Mademoiselle, vous allez tenir société à mon patron. Attendez-moi et ne bougez pas, je vais chercher un photographe.

Il sort.

LA PORTIÈRE.

V'là plus d'une heure qu'il est là ce petit monstre.

PETIT PIERRE, *il revient avec un bâton et tape sur la portière, qui tombe évanouie à côté de Grolardon. Il les prend tous deux et les emporte en disant.*

Il ne faut pas rester là, jeunes gens, si un tramway passait vous vous feriez écraser. *(Il revient aussitôt.)* Allons, à présent je suis libre, c'est le moment d'aller chez monsieur de Beauquis. En route pour le bonheur, si un omnibus y conduit je tâcherai de trouver une petite place sur l'Impériale. C'est pour toi, mère, que je suis si content, reçois là-bas ces baisers que je t'adresse dans l'espace, en attendant que je te les porte moi-même !

Il sort en sautant. La toile tombe.

ACTE III

La scène représente un salon chez M. de Beauquis.

BAPTISTE.

Monsieur ne rentre pas, c'est inquiétant. Il m'avait pourtant assuré qu'il serait là à 4 heures! Pourvu qu'il ne lui soit pas arrivé un malheur, justement je lui ai entendu dire qu'il allait chez son notaire, pour toucher l'héritage de son oncle Gratzildo. Ah dame! c'est que c'est un maître supérieur, Monsieur. Bon, doux, charitable et bienfaisant, certes oui, c'est un véritable bienfaiteur de l'humanité celui-là, aussi les malheureux connaissent bien son adresse. (On sonne.) Ah! c'est lui probablement.

Il sort pour aller ouvrir.

PETIT PIERRE.

Mais si!... mais!... si, pardon!... je vous dis que j'entrerai, je ne viens pas ici pour des affaires commerciales!

BAPTISTE.

Je vous dis, jeune homme, que nous n'avons pas de cheminées à ramoner en ce moment, le travail est fait depuis quinze jours.

PETIT PIERRE.

Que vous êtes bavard, domestique!

BAPTISTE.

Je vous répète qu'il faut sortir, et tout de suite encore.

Il le prend par le bras.

PETIT PIERRE, se dégageant.

Voyons, domestique, prenez donc garde à mon linge, vous allez chiffonner ma toilette!

BAPTISTE.

Pas de mauvaises plaisanteries, je n'aime pas ça, allons, vite, hors d'ici !

PETIT PIERRE.

Brrrrou ! Vous n'êtes pas gai, domestique. J'ai à parler à monsieur de Beauquis, veuillez je vous prie aller m'annoncer ; je n'ai pas de carte sur moi, mais vous direz que c'est monsieur Pierre, votre maître saura ce que cela veut dire. Allez !

BAPTISTE.

Je n'ai jamais vu un aplomb pareil, ça c'est nouveau !

PETIT PIERRE.

Et ça, est-ce de l'antique ? (D'un coup de tête il le fait sortir.) Sont-ils drôles ces domestiques, en voilà un public qui me déplaît, ça se croit à la tête de la population. Ils sont toujours plus fiers que leurs maîtres ces gens-là ! Tiens voilà une bonne, elle va être bien reçue !

LA BONNE.

Mon petit, le valet de chambre vous a dit qu'il ne fallait pas rester là, n'est-ce pas ?

PETIT PIERRE.

Mademoiselle Perpétue, vous avez tort de vous occuper de ça, pendant ce temps-là votre dîner va brûler. Allez, allez ! Allez voir si le pot-au-feu mijote ! (Il la pousse avec sa tête jusqu'à ce qu'elle soit sortie.) Toute la maison va s'en mêler alors. Je me plaindrai à monsieur de Beauquis, je suis bien sûr qu'il les attrapera ! Ça sera bien fait !

LA BONNE.

Voulez-vous que j'aille chercher la police ?

PETIT PIERRE.

Je veux bien ma grosse pou-poule !

16.

LA BONNE.

Pou-poule! C'est moi que vous appelez pou-poule? attendez un peu.

Elle se lance sur lui, mais il l'attrape par le cou et essuie sa figure pleine de suie sur la sienne. Elle se sauve comme une folle.

PETIT PIERRE.

Voilà, je lui ai mis de la poudre de riz! Monsieur de Beauquis ne vient pas, c'est ennuyeux. On dirait cependant que l'on entend parler dans l'antichambre.

M. DE BEAUQUIS, il parle à la cantonade.

Mais naturellement, ça ne prouve rien du tout ce que vous me dites-là. Puisque c'est moi qui lui ai dit de venir, il a raison! (Il se retourne.) Eh bien? Les domestiques se plaignent, ils disent que tu as sauté sur eux!

PETIT PIERRE.

Pas du tout, M'sieur, ils voulaient me chasser. Ils me prenaient pour un ramoneur ordinaire. J'avais beau leur dire que je venais ici pour affaires, ils ne voulaient rien entendre.

M. DE BEAUQUIS.

Enfin, ça ne fait rien, ça n'a pas d'importance. Voyons mon brave, par où allons-nous commencer. D'abord tu sais que tu es chez toi ici. (Pierre regarde partout en l'air.) La première chose à faire c'est de te nettoyer un peu.

PETIT PIERRE.

Oh! oui, n'est-ce pas? M'sieur! Je ne me suis pas débarbouillé depuis trois mois, j'en ai les yeux tout brûlés! Moi qui aime tant l'eau! chaque fois que j'essayais, mon maître me donnait une tape et me disait que je ferais le déshonneur de la corporation!

M. DE BEAUQUIS.

Tu vas passer dans une petite chambre où tu trouveras tout le nécessaire pour faire une transformation complète ! Il y a un costume de collégien, lorsque tu auras pris un bon bain, tu l'endosseras et tu viendras me trouver. Je te présenterai à mon petit garçon, et lundi tu iras au collége avec lui. Tu tâcheras de te distinguer pour rattraper le temps perdu, et j'espère que tu nous donneras les meilleures satisfactions ?

PETIT PIERRE.

Oh! pour sûr, M'sieur ! Vous allez être joliment content, allez !

M. DE BEAUQUIS.

Allons, tant mieux ! Reste là, Baptiste va venir te prendre, et il t'aidera à faire ta toilette.

Il sort.

PETIT PIERRE, il se promène, faisant des manières comme un grand personnage.

Me voilà sorti de la misère. A nous les grandeurs ! A nous la splendeur ! Seulement, il s'agit avant tout de ne pas oublier la chaumière qui m'a vu naître, et ne pas trop m'élever au-dessus de ma valeur, la seule qui m'appartienne !

ERNEST, il éclate de rire en voyant un ramoneur.

Oh! ce ramoneur! Qu'est-ce que tu fais là, toi? Tu vas salir le salon. En voilà de l'audace, de pénétrer comme ça chez le monde!

PETIT PIERRE.

Mais non, écoutez donc, M'sieur !

ERNEST.

Allons! allons! Voyons, je te dis qu'il ne faut pas rester là. Est-il sale ? Veux-tu t'en aller ?

Il lui donne un coup sur la tête.

PETIT PIERRE, tout en pleurant dit :

Ce n'est pas de ma faute à moi si je suis sale. Si je fais un métier pareil, c'est pour gagner de quoi ne pas mourir de faim et envoyer quelques sous à ma mère. Ah ! vous avez de la chance vous d'avoir votre père, et cependant sans moi, aujourd'hui vous en seriez privé aussi. Si je ne l'avais rattrapé là-bas au village le jour où il tombait dans le précipice, vous ne seriez peut-être pas si fier !

ERNEST.

Comment c'est toi ?...

Il s'approche de lui.

PETIT PIERRE.

Prenez donc garde, vous allez vous salir !

ERNEST, lui sautant au cou.

Oh ! ça m'est égal par exemple ! Comment, c'est toi qui est cause que j'ai encore mon bon père, et pour reconnaître ton dévouement voilà comme j'agis, c'est infâme ! (Il pleure et dit en l'embrassant.) Pauvre petit, je t'ai battu. Veux-tu me pardonner, dis ?

PETIT PIERRE.

Faut pas pleurer, M'sieur, vous ne saviez pas n'est-ce pas ? Et pourquoi vous chagriner, j'y suis habitué allez à recevoir des coups, quand on est venu au monde pour souffrir il faut s'y faire !

ERNEST.

Mais j'espère bien que tes souffrances sont terminées ! Allons, viens avec moi je vais m'occuper moi-même de tout ce dont tu auras besoin. (Avec attendrissement.) Pardonne-moi cette mauvaise action n'est-ce pas ?

PETIT PIERRE.

Oh ! de grand cœur, M'sieur, je n'y pensais déjà plus.

ERNEST.

Merci! Allons, viens !

Ils partent en se tenant par le bras.

BAPTISTE.

Ben, où est-il le ramoneur? Ça c'est nouveau, par exemple! Voilà une besogne sur laquelle je ne comptais pas. Je suis chargé de nettoyer le ramoneur! Ça n'a pas de bon sens, ma parole d'honneur! Voilà, ce que c'est que de servir chez un maître trop bon. La charité est une belle chose c'est possible, mais quand on la pousse à ce point-là ça me paraît exagéré. Enfin, faisons notre devoir, débarbouillons le ramoneur. Un de ces jours, Monsieur m'apportera des charbonniers pour que je les frise au petit fer. Mais où est-il donc mon ramoneur? (Appelant.) Petit! Petit! Pas possible, il s'est caché sous les meubles!

LA BONNE.

Monsieur Baptiste, je suis furieuse !

BAPTISTE.

Pas tant que moi mademoiselle Pétronille !

LA BONNE.

Voilà Monsieur Ernest qui aide le ramoneur à se nettoyer, et il me commande de lui donner dans son linge le plus fin tout ce qui lui est nécessaire !

BAPTISTE.

Eh! bien, donnez donc ce qu'on vous demande parbleu, ne vous tourmentez donc pas pour ça. Qu'est-ce que ça vous fait ?

LA BONNE.

Il m'a embrassée, et sa suie m'a noirci toute la figure. Je ne lui pardonnerai jamais ça !

BAPTISTE.

Ça vous a donné des idées noires, n'est-ce pas ?
Moi ce qui me fait plaisir, c'est que monsieur
Ernest s'est chargé de ma besogne. C'était moi
qui était délégué pour nettoyer le petit, je vous
assure que ça ne m'allait pas du tout!

LA BONNE.

Je comprends ça !

Ils sortent.

**PETIT PIERRE, entièrement propre, habillé en collégien,
il entre en sautant de joie.**

Oh ! que ça semble bon d'être propre comme ça !
Je viens de me voir dans une glace et je me suis
salué, je me prenais pour un jeune homme du
monde. Si maman me voyait habillé comme ça elle
me prendrait pour un officier de facteurs! Quelle
excellente famille tout de même! J'ai encore un
grain de suie dans l'œil! Je suis comme un fou
tellement je suis content!

ERNEST.

Eh, bien ! comment te trouves-tu, Pierre ?

PETIT PIERRE.

Oh! mon bon monsieur Ernest! je ne pourrai
jamais témoigner assez de reconnaissance à votre
famille pour tout ce qu'elle fait pour moi !

ERNEST.

Pauvre ami! Mais c'est qu'il est gentil comme ça!
On dirait que tu n'as jamais porté d'autres vêtements! Demain, nous entrons au collége, papa nous
conduira. Comme nous l'avons juré devant lui,
nous nous aimerons bien toujours. N'est-ce pas.
petit frère ?

Ils s'embrassent. La toile tombe.

ACTE QUATRIÈME

Seize ans après. Même décor qu'au premier acte.

LA COMÈTE.

Je vous demande pardon, monsieur Berluron, je sais que vous êtes obstiné, mais vous n'ignorez pas que je le suis davantage. Je maintiens que vous répétiez toujours qu'il ne ferait jamais qu'un petit mauvais sujet.

BERLURON.

Non, non, mille fois non!

LA COMÈTE.

Si! Si!

BERLURON.

Non, non! J'ai dit qu'il était joueur, dissipé, insupportable même, car il ne savait vraiment quoi inventer pour nous martyriser, mais c'est tout!

LA COMÈTE.

Enfin je vous cède! Ce qu'il y a de certain, c'est qu'il a obtenu un fameux résultat, et qu'il fait honneur à son village. Pensez donc, un ingénieur, c'est que c'est beau ça !

BERLURON.

Remarquez, monsieur Lacomète, que je suis pour quelque chose dans ce résultat. C'est moi qui ai commencé ses premières études, et lorsqu'il a quitté ma classe il savait presque entièrement son alphabet!

LA COMÈTE.

Sans doute, monsieur Berluron, il vous revient

une part de son triomphe. Du reste il ne tardera
pas à vous exprimer de vive voix sa profonde reconnaissance.

BERLURON.

Comment ça?

LACOMÈTE.

Sans doute, puisqu'il va venir aujourd'hui!

BERLURON.

Il va venir aujourd'hui?

LACOMÈTE.

Mais oui, toute la famille est attendue! Monsieur
de Beauquis, monsieur Ernest!

BERLURON.

C'est drôle que monsieur de Beauquis lui ait donné
sa fille en mariage, je sais bien que Pierre a son
mérite, mais il n'a aucune fortune, tandis que son
beau-père est, dit-on, colossalement riche.

LACOMÈTE.

Ça prouve que monsieur de Beauquis est un
homme intelligent, et qu'il reconnaît en Pierre des
qualités supérieures qui valent tout autant qu'une
fortune!

BERLURON.

C'est vrai! Alors la maman Tavernier vient de
s'installer dans sa nouvelle maison. Savez-vous que
c'est presque un petit château?

LACOMÈTE.

En effet, c'est bien gentil! Elle le mérite du reste,
la brave femme, elle a assez souffert, lorsque son
Petit Pierre est parti, je croyais qu'elle ne pourrait supporter ce sacrifice.

BERLURON, ému, il pleurniche naïvement.

Pauvre femme!

LACOMÈTE.

Ne vous attendrissez pas comme ça, monsieur Berluron, je sens mon cœur qui déraille, et voilà une larme qui chatouille ma paupière gauche!

BERLURON, pleurant plus fort.

C'est plus fort que moi. Quand je vois les autres heureux et satisfaits, je pleure de joie, de contentement et de plaisir!

LACOMÈTE.

Eh bien! je vous laisse pleurer tout seul, je vais à la mairie! Quand je repasserai, si vous n'avez pas fini, je vous aiderai pour que ça aille plus vite. (Il s'éloigne.) Ça me fait plaisir quand je pense que je vais le revoir ce gamin-là. Comme il doit être grand à présent, pensez donc, il a vingt-sept ans! C'est ici, à cette place même qu'il me faisait endurer tant de tourments. C'est drôle, il y a des fois que ça me manque. Je reste ici pendant des heures entières plongé dans mes rêveries. Je pense toujours à ce bon vieux temps, où cet enfant venait me surprendre. (Pierre paraît derrière lui.) J'étais bien en colère après lui, et cependant je l'aimais tout de même. Au moment où j'étais le plus tranquille, il m'effrayait en jetant derrière moi ses cris bizarres.

· Il sort.

PIERRE, sans se montrer à Berluron jette un cri:

Piouitt! Piouitt!

Il se cache.

BERLURON, il reste en extase.

Grand Dieu! Qu'est-ce que c'est que ça? Je croyais avoir entendu sa voix, comme à cette heureuse époque! (Pierre revient tout doucement par derrière, le chatouille sur le cou et se sauve. Nouvelle extase.) Je suis victime d'une hallucination. Je deviens fou certainement !

PIERRE.

Mais non, mon cher monsieur Berluron, vous ne devenez pas fou, c'est moi qui suis toujours aussi méchant !

BERLURON.

Ah ! mon Pierre ! (Il se jette à son cou.) Mon enfant ! Comme tu es devenu bel homme !

PIERRE.

Vous trouvez ?

BERLURON.

Pour sûr ! Et ta famille où est-elle ?

PIERRE.

Chez ma mère ! Il n'y a que mon beau-père, monsieur de Beauquis, qui n'est pas arrivé. Il se souvient de l'ancien temps, il a peur des précipices, il monte tout doucement, dans une petite demi-heure il sera ici ! Vous n'avez pas grandi vous, monsieur Berluron, vous êtes toujours le même. Et l'école, ça va aussi, hein ? Je suis sûr que vous n'avez plus de mauvais sujets comme moi ?

BERLURON.

Non depuis ton départ... vous me permettez de te tutoyer, n'est-ce pas ?

PIERRE.

Mais comment donc, c'est de rigueur !

BERLURON.

Depuis ton départ j'ai été plus tranquille, les autres ont supporté la mauvaise humeur que tu avais provoquée en moi, et je les ai tellement tarabustés que j'en ai fait des phénomènes !

PIERRE.

Comme intelligence ?

BERLURON.

Non, comme abrutissement ! Tu viendras me voir, n'est-ce pas ?

PIERRE.

Mais comment donc ! et souvent encore !

BERLURON.

Au revoir, mon petit ! A bientôt, hein ?

Il sort.

PIERRE.

A tantôt, monsieur Berluron ! (Seul.) Quel brave homme tout de même, et dire que je l'ai tant fait souffrir. Ça me fait de la peine quand j'y pense. Enfin je réparerai mes méchancetés !

Mme TAVERNIER.

Que fais-tu là, mon petit Pierre ? Tu parais désolé ?

PIERRE.

Moi mère, mais pas du tout, au contraire, c'est la joie qui me rend songeur. Je suis si content de me retrouver ici et de te voir si heureuse ! Seulement je ne veux pas que tu y restes l'hiver, tu viendras habiter Paris avec nous.

Mme TAVERNIER.

Moi, aller habiter Paris ! jamais, mon ami, tu ne me connais donc pas ! je ne suis qu'une simple paysanne, que ferais-je dans votre grande ville ? Mais j'y mourrais d'ennui !

PIERRE.

Pas avec nous, mère !

Mme TAVERNIER.

Si, mon petit, je vous gênerais, mes habitudes

ne sont pas les vôtres. J'aime bien mieux vous
voir venir ici à la belle saison. C'est moi qui vous
reçois, je suis la maîtresse, personne ne m'en impose, vous êtes tous si bons. Et mes bêtes, ma
basse-cour? Je ne pourrais jamais amener tout ça à
Paris, mes deux vaches non plus. Tu vois donc bien
Pierre, qu'il faut rester comme nous sommes,
chacun prend son bonheur où il le trouve, et doit
surtout s'estimer bien heureux de l'avoir trouvé,
c'est si rare !

PIERRE.

Eh bien! c'est entendu, nous viendrons très souvent alors, et nous resterons le plus longtemps possible.

Mme TAVERNIER.

C'est ça, mon mignon, embrasse ta mère et va
retrouver ta femme et ton beau-frère, ils sont en
train de se promener dans le jardin. Moi je vais au
devant de monsieur de Beauquis. (Pierre embrasse sa
mère et s'éloigne.) Est-il gentil ce chérubin? Grâce à
lui j'ai tout mon nécessaire, plus que mon nécessaire
même. Voilà quelqu'un qui monte. Oui, c'est lui,
c'est cet excellent monsieur de Beauquis. (Elle crie à
la cantonade.) Encore un peu de courage, Monsieur,
vous voilà presque arrivé !

M. DE BEAUQUIS, dans les coulisses.

Je n'en peux plus, mère François, je suis tout
essoufflé !

Mme TAVERNIER, même jeu.

Reposez-vous un peu, nous avons le temps !

M. DE BEAUQUIS, même jeu.

Il faut que je me dépêche, je voudrais déjà être
arrivé pour vous embrasser.

Mme TAVERNIER.

Ce pauvre Monsieur comme il est aimable!

M. DE BEAUQUIS, paraissant.

Ah! ça y est tout de même! Bonjour, ma brave mère François, venez ici tout de suite que je vous embrasse!

Mme TAVERNIER.

Bonjour, mon cher Monsieur!

Ils s'embrassent longuement.

M. DE BEAUQUIS.

C'est que je m'en souviens de vos précipices, j'avais une peur atroce en montant. Il est vrai que c'est un mauvais souvenir que je n'ai pas à regretter, car sans cette chute que j'ai faite autrefois, je n'aurais pas le plaisir de me retrouver ici aujourd'hui avec vous au milieu de nos enfants.

Mme TAVERNIER.

Le proverbe le dit : A quelque chose malheur est bon!

M. DE BEAUQUIS.

Eh bien, comment trouvez-vous votre fils?

Mme TAVERNIER.

Gentil comme un amour!

M. DE BEAUQUIS.

Et le mien?

Mme TAVERNIER.

Oh! charmant! Et comme ils s'aiment lui et mon Pierre, on dirait tout à fait les deux frères!

M. DE BEAUQUIS.

Mais c'est bien comme ça qu'ils ont été élevés.

Mme TAVERNIER.

Vous devez avoir joliment faim, pauvre Monsieur ?

M. DE BEAUQUIS.

Je vous avoue, mère François que je tordrais bien le cou à une bonne omelette.

Mme TAVERNIER.

Une omelette ? Mais vous allez avoir un déjeûner extraordinaire ! J'ai tué deux lapins, trois canards, un veau, un fromage de gruyère, quatre poulets !

M. DE BEAUQUIS.

Mais où allons-nous mettre tout ça ? C'est de la folie !

Mme TAVERNIER.

Non pas ! c'est un peu de reconnaissance que je cherche à vous témoigner pour vous remercier de tous vos bienfaits.

Elle pleure.

M. DE BEAUQUIS.

De la reconnaissance ! pauvre femme ! mais c'est moi qui vous en dois pour avoir placé sur mon chemin ce cher enfant qui donne tant d'espérance. Jamais je ne m'acquitterai envers vous, soyez-en convaincue. Allons embrassez-moi encore une fois ! (Ils s'embrassent.) Maintenant allons retrouver les enfants qui doivent s'impatienter. Quant à votre déjeûner je vous réponds que tout le monde lui fera honneur, vous feriez peut-être bien d'y ajouter quelque chose.

Mme TAVERNIER.

Nous contemplerons le bonheur de nos enfants, cela fera un dessert exquis et complet !

La toile tombe.

TABLE

I. — Note.

1. — Le cocher de fiacre 1
2. — L'oncle de San-Francisco 37
3. — Le retour du matelot. 59
4. — Les époux de Mme Brisemiche. 95
5. — Un caprice de Louis XIV. 115
6. — La chambre 28. 155
7. — Un élève dentiste. 171
8. — Le Grand Jacques. 189
9. — Les créanciers de M. Pifambosse. ♣. . . . 233
10. — Le petit ramoneur. 255

Imprimerie de l'Ouest, A. NÉZAN, Mayenne.

Lightning Source UK Ltd.
Milton Keynes UK
UKHW020809111220
374897UK00009B/994